ANDREAS WEBER

Mord in Linz

LINZER REIGEN Der Lehrer und Journalist Fred Dreier trifft zufällig seinen alten Freund Drago wieder. Dieser erzählt ihm, dass seinem Sohn Ivo, ein Handball-Wunderkind, angeblich von einem Pater Gewalt angetan wurde. Dreier kennt den Geistlichen gut und hat vor längerer Zeit eine Reportage über ihn geschrieben. Der Pater engagiert sich seit Jahren für Kinder und Jugendliche. Dreier zieht die Story groß auf, er schreibt darüber und arbeitet mit einem Fernsehteam zusammen, das eine reißerische Reportage darüber dreht. Kurz darauf wirft sich Ivo vor einen Zug und die Story erweist sich als Lüge. Dreier findet heraus, dass der Junge und der Pater die gleiche Frau geliebt haben. Nachdem die Wahrheit ans Licht kam, erhält Dreier von allen Seiten Anschuldigungen. Er bekommt es mit einem rechtspopulistischen Lokalpolitiker und einer Linzer Unterweltgröße zu tun. Auch sein Freund Fabian Pitter, Inspektor bei der Mordkommission, schaltet sich in die Sache ein. Denn Ivo ist nicht freiwillig aus dem Leben getreten …

Andreas Weber, geboren 1961, in Horn, studierte in Wien Germanistik und Geschichte und arbeitete danach unter anderem als Journalist, Sprachlehrer in England und bis September 2010 als freier Schriftsteller, Herausgeber und Filmemacher. Neben dem Schreiben geht er derzeit einer Lehrverpflichtung für Deutsch und Geschichte nach. »Mord in Linz« ist Webers Debüt im Gmeiner-Verlag.

ANDREAS WEBER

Mord in Linz

Kriminalroman

GMEINER SPANNUNG

Personen und Handlung sind frei erfunden.
Ähnlichkeiten mit lebenden oder toten Personen
sind rein zufällig und nicht beabsichtigt.

Immer informiert

Spannung pur – mit unserem Newsletter informieren wir Sie
regelmäßig über Wissenswertes aus unserer Bücherwelt.

Gefällt mir!

Facebook: @Gmeiner.Verlag
Instagram: @gmeinerverlag
Twitter: @GmeinerVerlag

Besuchen Sie uns im Internet:
www.gmeiner-verlag.de

Im Ehnried 5, 88605 Meßkirch
Telefon 07575/2095-0
info@gmeiner-verlag.de

1. Auflage 2019

Lektorat: Sven Lang
Herstellung: Julia Franze
Umschlaggestaltung: U.O.R.G. Lutz Eberle, Stuttgart
unter Verwendung eines Fotos von: © Klaus Gruber / shutterstock.com
Druck: CPI books GmbH, Leck
Printed in Germany
ISBN 978-3-8392-2534-9

»Es gibt keinen perfekten Mord«, sagte Tom abschließend zu Reeves. »Das ist doch nichts als Spielerei, wenn einer versucht, sich so was auszudenken. Ungelöste Mordfälle, die gibt's natürlich haufenweise, aber das ist ganz was anderes.«
(Patricia Highsmith, Ripley's Game)

I. – ZULETZT

Niemand wusste von uns.

Ich stand auf der Plattform des Aussichtsturms, der hinter B. etwa fünfzig Meter hoch aus dem Hochwald ragt, wartete auf sie, schloss die Augen – und sah sie. Spürte sie. Hörte ihr Lachen. In mir war Freude. Denn unsere Geschichte war unmöglich, aber seit drei Wochen die Wirklichkeit ihres und meines Lebens. Wir trafen uns nicht zum ersten Mal hier oben, wo wir schon viele Stunden uns gemeinsam aus allem fortträumend verbracht hatten, vor dem Ausblick über den Wald, der die sanften Wellen dieser Landschaft über die Landesgrenze hinaus bis an den Horizont bedeckte. Viel zu früh da, genoss ich jede Sekunde des Wartens – bis sie auf dem Parkplatz unter mir halten, aussteigen, mir ihren Blick zuwenden und zu mir heraufeilen würde; ich saß mit meinem Walkman auf der Bank auf der Spitze des Turms, hatte Miles Davis im Ohr – und flog mit dieser Musik über den Wald hinaus, hinein in das, was ich mir unter Unendlichkeit vorstellte.

Doch dann sah ich, wie zum ausgemachten Zeitpunkt einer dieser klobigen Mercedes Geländewagen unten hielt. Die Tür neben dem Fahrersitz ging auf – und nicht sie, sondern ihr Ehemann, den ich nur von Bildern auf Wahlplakaten und aus dem Regionalfernsehen kannte, ausstieg. Seine Füße steckten in Haferlschuhen, an seinem massigen Körper hing ein waldgrüner Umhang, ein Jägerhut, den tatsächlich ein Gamsbart zierte, saß auf seinem Kopf.

Vollendung des Widerwärtigen, dachte ich oben stehend.

Er sah herauf zu mir und grinste, nickte mir zu, bevor er sich auf den Weg nach oben machte, schnaufend, mit vielen Pausen in immer kürzeren Abständen innehaltend. Als er mir gegenüberstand, schwitzte er. Aber Triumph war in seinem Gesicht, als er sagte: »Du wartest vergeblich. Sie wird nicht kommen.« Er sah schwer atmend zu Boden und lachte plötzlich schallend, als er sagte: »Sie wird nie wieder zu dir, *bei* und *mit* dir kommen. Eure Geschichte ist aus und vorbei. Dafür habe ich gesorgt.«

Ich erschrak.

Er setzte sich auf die Bank. Grinste wieder. »Keine Angst, ich denke nicht daran, mir wegen so einer Schlampe die Hände schmutzig zu machen. Ich bin hier, um dir einen Auftrag zu erteilen.« Er zeigte dabei mit Begeisterung im Gesicht auf die Mappe, die er sich unter seinen Arm geklemmt hatte.

Beim Wegschauen sah ich, wie dick dieser Mann war; die Fingernägel seiner roten Arbeiterhände waren nicht sorgfältig geputzt. Ich dachte daran, dass diese Hände ihren nackten Körper berührt, dass diese Hände sie geschlagen hatten, und jetzt saß dieser Ehemann vor Tatkraft strotzend, rotwangig und mit vollen Lippen vor mir. Ein Politiker jener Partei, deren Namen ich mich seit Jahren weigerte auszusprechen. Bürgermeister von Laching klang nach Komödie, aber in mir war kein Lachen, sondern Zorn. Meine Freunde waren Lehrer, Schriftsteller, Filmemacher und Journalisten. Ich hätte keine Sekunde mit so jemandem geredet und blieb nur, weil er unser Treffen irgendwie herausgefunden und ich mit ihr ausgemacht hatte, mit ihrem Mann einmal über die Scheidungsmodalitäten zu reden, alleine, sie lebte längst getrennt von ihm bei einer Freundin. Außerdem war diese Gestalt nicht jemand, vor dem ich davongelaufen wäre. Erwartet hatte ich eine Besprechung der juristischen Lage, doch da sagte er: »Wir sind keine dieser Alt-Parteien, sondern eine Bewegung. Aber wir haben ein völlig falsches Image. Gegen dieses Unrecht möchte ich etwas unternehmen, um zu erreichen, dass wir am neunundzwanzigsten März für die breite Masse der Wähler interessanter werden, wählbar auch für jene, die sich von unserem falschen Image abschrecken lassen.« Er lehnte sich zurück, sah mir ins Gesicht und sagte: »Eine Erneuerung der Gesellschaft ohne Gott ist für mich nicht denkbar. Pfaffen, die sich beim Zeitgeist anbiedern, mag ich so wenig wie Migranten, die unsere Werte nicht akzeptieren. Aber das darf man in unserem Land nicht laut sagen, dank der linkslinken Medien-Jagdgesellschaft, die versucht, den Ruf unseres allzu früh verstorbenen großen Parteiführers in den Schmutz zu ziehen.«

Was will diese lächerliche Figur von mir? Ich sah ihn kopfschüttelnd an und sagte, dass mich seine Partei noch weniger als die Politik im Allgemeinen interessierte.

»Man liebt dich. Daher wirst du für mich arbeiten. Und dabei nichts verdienen, sondern mich dafür bezahlen, dass ich nichts über dich sage.«

Mein Blick war eine Frage.

Er klappte seine Mappe auf, die er mir vor mir sitzend stolz entgegenhielt. Ich sah eine aus Fotos und bunten Grafiken bestehende Zeitschrift im Layout und hörte ihn sagen: »Ich weiß Dinge über dich, von denen du nicht willst, dass sie in der Zeitung stehen oder dass dein Chef sie weiß.«

Der Mann war peinlich. Ich konnte mir nicht vorstellen, was so jemand von mir wollen könnte.

Er sagte: »Du bist als kritischer Geist und Querdenker für mich sogar noch interessanter.«

Ich antwortete: »Was über mich in der Zeitung steht, ist mir so egal wie mein Chef. Und mein Job ist das krisensicherste Geschäft der Welt.«

Als hätte ich geschwiegen, sagte er: »Du musst zugeben, mein Angebot ist ein spannendes Projekt, mein Konzept wird dich überzeugen.«

Meinte er Mitarbeit bei dieser Zeitschrift? Ich stand ihm mit in die Hüften gestemmten Händen gegenüber und ärgerte mich über das Du, mit dem er mich anredete. Ich trat an das Geländer des aus dicken Rundhölzern gefügten Turms, sah hinaus in die Landschaft und wollte in der unendlichen Schönheit des Waldes verschwinden, wollte in diesem Großen aufgehen, mich darin auflösen und weg und nicht mehr da sein, aber ich musste mit einem dicken und dummen Menschen auf diesem Turm stehen.

Der Anblick des Waldes rettete mich.

Da stand der neben mir sitzende Mann auf. Trat neben mich und drängte mir die aufgeschlagene Mappe von der Seite vor meinen Blick. Ich sah nicht hin, er gab keine Ruhe, bis ich einen Blick hineinwarf und Namen las, von Heimatdichtern, die naiv kitschigen Blödsinn schrieben und von Gemeinden und Landesregierungen gefördert wurden, worüber ich mich früher, als Literatur mich noch interessierte, geärgert hatte.

»Na, was sagst du?«

Ich stand neben ihm, roch sein billiges Rasierwasser – und sah das von ihm blau geschlagene Gesicht der Frau vor mir, die ich liebte. Und plötzlich war alles in mir rot vor Zorn.

Ich schloss einen Augenblick meine Augen, sah hinaus in die Ferne zum Horizont, atmete über den Wipfeln der Bäume des Geheimrats Goethe tief durch, legte in vollendeter Ruhe – so als wollte ich nun den ausführlichen Blick, um den er mich gebeten hatte, in seine Mappe werfen – meinen Arm um seine Schultern, trat dabei hinter ihn und gab ihm einen Tritt, sodass er mit seinem Bauch gegen die Brüstung flog. Plötzlich war in mir Kraft, die mich platzen ließ. Ich bückte mich, packte den Überrumpelten an den Füßen, hob sie hoch und warf ihn über das Geländer – so schnell, dass der abstürzende Politiker nicht einmal zum Schreien gekommen war, bevor ich ihn dumpf aufschlagen hörte.

Ich trat vor und sah nach unten.

Der Boden, Büsche, Sträucher, alles war übersät mit den Blättern der Konzept-Mappe. Der Mann lag in der Mitte. Ein wenig verrenkt, als würde er auf dem Rücken liegend schlafen – nur der verdrehte Winkel, in dem sein Kopf auf diesem großen Stein lag und in einer rasch ausfließenden Blutlache zu versinken schien, passte nicht zu diesem Eindruck.

Ich hatte es eilig. Lief die Stiege hinunter und sammelte die Blätter ein. Eilte hinauf und sah fünf weitere Seiten aus der Natur leuchten, holte sie und machte mich auf den Weg durch den Wald in das Dorf, wo ich mein Auto auf dem Marktplatz geparkt hatte.

Nach wenigen Minuten im Laufschritt hörte ich Gesang und Stimmen durch den Wald herauf näher kommen. Schaffte es gerade noch, mit einem Sprung in Deckung zu gehen. Lag mit angehaltenem Atem hinter einer auf dem Boden liegenden Fichte und hörte, wie zwei Meter neben mir Wandersleute vorbeimarschierten, plötzlich stehen blieben und zu rätseln begannen, wie mächtig wohl die Kraft gewesen sein musste, die hier gewirkt hatte, um diesen »Baumriesen« zu stürzen. Ich schloss die Augen und hielt den Atem an, als ich hörte, wie einer näher treten wollte, um sich dieses »Naturwunder« aus der Nähe anzusehen, bis einer, der Durst hatte, zum Weitergehen drängte. Die Schreie und die Aufregung beim Finden des Abgestürzten hörte ich nicht mehr – auf dem Weg zurück in die Stadt.

Mir war heiß.

II – TOD MIT AUSSICHT

Ein toter Mann lag im Wald. Auf einer kleinen Lichtung am Ende einer Forststraße. Etwa drei Meter neben der ersten Stufe des Aufstiegs in den Aussichtsturm, der hinter Bad Großpertholz fünfzig Meter aus dem Hochwald ragt. Auf den ersten Blick war klar, dass der Mann von diesem Turm gefallen war; ob freiwillig oder oben zusammengeschlagen und heruntergeworfen, also Selbstmord oder Mord, war die zu klärende Frage.

Gefunden hatten den Toten die »Wandervögel«.

Drei Männer und vier Frauen, die viel Zeit in ihrem Ruhestand auf gemeinsamen Wanderungen verbrachten und daher angeregt vom ehemaligen Bankdirektor der Gruppe für gelegentliches Sponsoring einen Pensionisten-Wanderverein mit zünftigem Titel gegründet hatten. Der Anblick des in der Mitte des Waldes liegenden Toten erschreckte sie nicht, sie scherzten seit Jahren über ihr Gefühl, beim Warten aufs Sterben in der ersten Reihe zu sitzen. Lediglich etwas Unbehagen bereitete ihnen der zwischen zwei Steinen eingeklemmte Leichnam, in dessen totem Gesicht noch ein verzweifelter Schrei steckte. Durch das von einem

Stein gebrochene Genick stand der Kopf seltsam zur Seite, der Körper war in Schmerzen verrenkt, so als hätte sich der Sterbende mit letzter Kraft in seiner Todesqual aufzurichten versucht. Der Mann lag da, als wollte er jeden Menschen wissen lassen, dass er mit den größten Schmerzen und vollem Hass auf seinen Mörder aus seinem Leben gerissen worden war.

Kriminalinspektor Fabian Pitter stand auf der Aussichtsplattform. Er sah von oben auf den Toten und sagte dem neben ihm stehenden Kommandanten der örtlichen Polizeidienststelle, dass hier ein Verbrechen verübt worden sei und ob er sich vorstellen könne, wer diesen Mann gehasst hatte. Der Postenkommandant fragte den Herrn von der Kripo, woran er das Verbrechen auf den ersten Blick erkenne?

Pitter lächelte, als er sagte: »Die Aktenmappe und der Terminkalender des Mannes befinden sich hier vor uns auf der Sitzbank, eine leere Klarsichthülle liegt neben dem Toten. Selbstmord mit Aussicht – ja; aber dass jemand seinen Schreibtisch hier aufstellt und dann springt – nein. Wo ist der Inhalt der Mappe, wo sind die Unterlagen, Akten, was auch immer? Jemand hat den Mann außer Gefecht gesetzt, hinuntergeworfen und den Inhalt der leeren Hüllen eingesammelt, bevor er abgehauen ist. Kennen Sie den Toten?«

»Sie nicht?«

Pitter schüttelte den Kopf.

»Das ist Franz Miesenböck, unser Bürgermeister. Da werden jetzt ein paar Leute eine Freude haben. Nicht alle hier haben den geliebt.«

»Und Sie?«

Der Polizist lächelte. »Na ja.« Er sah zu Boden und dann in die Weite über den Wald; es wäre ihm lieber gewesen, diese Frage nicht beantworten zu müssen, schon gar nicht auf dem Turm im Angesicht der Leiche. »Herr Inspektor, über Tote soll man ja bekanntlich nichts Schlechtes und so weiter, aber Miesenböck ging einigen Leuten ziemlich auf die Nerven. Und ich gebe da jetzt nur wieder, also ich berichte, meine Meinung können Sie sich selber denken, sagen tue ich dazu nichts. Außerdem werden Sie das alles schnell herausfinden, ist ja im Übrigen alles sogar aktenkundig und war sogar im Fernsehen, haben Sie davon nichts gesehen?«

Pitters Kopfschütteln ließ ihn weiterreden.

»Na, zuerst hat er sich mit diesem Deutschlehrer angelegt, sich im Lokalfernsehen über den furchtbar aufgeregt, dafür hat er diese Leute vom Fernsehen angerufen und angebettelt, dass sie kommen; die sind dann hier aufgetaucht, lächerliche Typen, Angeber, die sich hier aufgespielt haben, als kämen sie aus Hollywood. Aber die haben gut zu unserem Bürgermeister gepasst, da haben sich die Richtigen gefunden. Das war so peinlich, wie sich der Wichtigtuer Miesenböck da aufgespielt hat – und das ist meine Meinung, die ich Ihnen ja jetzt doch gesagt habe.« Er griff in seine Uniformtasche nach einer Packung Zigaretten und steckte sich eine an. »Stört Sie hoffentlich nicht, aber wir sind hier an der frischen Luft.«

Pitter nickte lächelnd.

»Etwas anderes war die Geschichte mit dem Puff hier im Ort. Eigentlich etwas außerhalb, am Ortsrand. Das war in dem Haus, das Miesenböck von einem Bruder seiner Mutter, also von seinem Onkel, geerbt und vermietet hat. An ein paar wirklich ziemlich schlimme Figuren. Wiener Unterwelt, mit albanischem Migrationshintergrund, wie man das heutzutage korrekt bezeichnet. Ausgemacht war eine halbjährliche Pauschalzahlung, doch dann hat der Vermieter gesehen, wie viel Geld da im Spiel ist, und er wollte mehr, hat behauptet, man habe ihn über die Einnahmen und so weiter nicht korrekt informiert. Ich sag, schlecht verhandelt und ausgemacht, aber Vertrag ist Vertrag, wo kämen wir denn da hin. Das ging vors Gericht, die Herren von der Unterwelt haben recht bekommen, aber Miesenböck hat gegen das Urteil berufen. Dann hat es dort einmal gebrannt, aber dazu sag ich nur: Unschuldsvermutung. Und dass unser Herr Bürgermeister jetzt da unten liegt, auch dazu sage ich: Unschuldsvermutung, erlaube mir aber – unter uns, also das streite ich dann im Fall des Falles ab – die

Bemerkung, dass sich unser Herr Miesenböck da mit Leuten eingelassen hat, die solche Interessenkonflikte eben drastisch lösen, ich kenne so was nur aus dem Fernsehen, wie es im wirklichen Leben zugeht, wissen Sie besser als ich.«

Pitter kannte diese Geschichte aus den Medien, er bedankte sich für die Information. Er trat an das Geländer, stützte sich ab und blickte hinunter auf den Toten; zwei eingeschaltete Lampen erhellten den Körper, der gerade fotografiert wurde. Fabian Pitter sah dabei zu, erinnerte sich an die Geschichten des Postenkommandanten und hatte plötzlich das Gefühl, dass es hier nicht um Geschäfte, sondern um Gefühle ging. Dann stand Pitter da. Er blickte um sich.

Altweibersommer.

Er liebte diese Zeit nach dem Sommer, sie war jedes Jahr neu für ihn. Er blickte nach unten und nickte, als ihn jemand fragte, ob man den Toten wegbringen dürfe.

Fabian sah, wie Franz Miesenböck aufgehoben und in den grauen Sarg gelegt, mit der zweiten Sarghälfte zugedeckt und davongetragen wurde, zum schwarzen Leichenwagen, der neben dem Polizeiauto und seinem Peugeot parkte.

Die Natur und das Licht taten ihm gut, als er dabei zusah, wie der tote Bürgermeister weggebracht wurde. Er befand sich in sicherer Entfernung zum Tod etwa fünfzig Meter über dem Waldboden. Doch auf der

Plattform des Turms war an diesem Tag auch noch etwas anderes. Pitter spürte hier oben etwas wie Aggression und viel Wut. Nichts war friedlich, da konnten die Aussicht und die Landschaft noch so schön sein. Das gute Gefühl beim Blick in die Unendlichkeit war falsch und eine Täuschung. Er stellte sich vor, wie jemand Miesenböck niedergeschlagen, seinen schweren Körper gepackt, angehoben und über das Geländer geworfen hatte. Die Vorstellung der Kraft, die hier in den letzten Momenten dieses fremden Menschenlebens Wirklichkeit geworden war, hatte etwas Erschreckendes. Einen Augenblick lang war etwas wie Mitgefühl für den Toten in Fabian Pitter – der noch nicht wusste, dass die Geschichte dieses Mordes zwei Jahre vor diesem goldenen Spätsommertag begann.

III – FUCK YOU!

1

Fred Dreier hatte Erfolg.

Romane, Erzählungen, Herausgeber von Büchern, Dokumentarfilme, Kulturjournalismus – sein Werk beeindruckte durch Vielfalt. Er tauchte in einigen Fernsehberichten als Schriftsteller aus dem Gesichtermeer des Fernsehens auf, aber beeilte sich zu betonen, dass er eigentlich Deutschprofessor sei. Auch seine Ehefrau und die zwei Kinder erwähnte er in jedem Interview. Im Schulalltag sprach Fred grundsätzlich nicht über seine Literatur oder seine Filme. Fragte ihn jemand danach, berichtete er gern von seinem Umgang mit Weltstars des Films oder Fußballs bei diversen Projekten. Er lief täglich um den See in Sichtweite seines Hauses, spielte einmal pro Woche in der Halle Fußball und fühlte sich an seinem fünfundvierzigsten Geburtstag körperlich stärker als je zuvor. Seine Frau Helene war froh, dass er sie in Ruhe ließ mit seiner »angeschwollenen Trainings-Libido«, wie sie es nannte. Fred dagegen war froh, dass kein LehrerInnen-Fortbildungsseminar ohne außereheliche Begeisterung verlief. Im großen Buch seiner Lebensreise stand in diesen Tagen nur das Beste – und er lenkte einen günstig erworbenen Jaguar, an den er sich nie gewöhnen würde.

Sein Leben galt als erfüllt.

Doch an einem Montagmorgen im Spätsommer, als er nach dem Rasieren einen Augenblick zu lange sein neunundvierzigjähriges Gesicht im Spiegel ansah, hallte plötzlich das Wort »Kleinschriftsteller« durch seinen Kopf – eigentlich eine Wortschöpfung, dachte Fred und musste lächeln, den Blick ins Waschbecken senkend.

Als er drei Stunden später auf die Kreuzung am Europaplatz von Linz zufuhr, sah er von Weitem die grün blinkende Ampel, nahm den Fuß vom Gas und schaltete auf der langen, geraden Franckstraße vom vierten in den dritten, zweiten und ersten Gang; oft schaffte Fred Dreier es, diese Kreuzung ohne Betätigung der Bremse zu überqueren. Doch die größte Geschichte seines Lebens begann damit, dass ihm das nicht gelang – als sein Lebenslauf die Richtung änderte, musste Fred bremsen.

Stehen bleiben.

Den Wagen, der ihn beim Langsamer-Werden von hinten bedrängte und fast seine Stoßstange touchierte, hatte er natürlich längst bemerkt. Als der Fahrer ihn dann auch noch anhupte, weil er bei Orange nicht über die Kreuzung gefahren war, sondern anhielt, zeigte Dreier ihm, ohne sich umzudrehen, die Faust mit aufgestelltem Mittelfinger. Beim Blick in den Rückspiegel sah er, wie hinter ihm eine Autotür aufgerissen wurde und einer aus dem Auto sprang. Aus den Augenwinkeln erkannte Fred einen dunklen Typ, der nach vorn stürmte. Türke, Balkan, Ausländer, bitte nicht, dachte Dreier, der früher Ausländer grundsätzlich als Opfer der österreichischen Bürokratie gesehen hatte. An diesem Montagvormittag saß er da und starrte nach vorn auf die Ampel über ihm, auch als der Mann neben seinem Fenster stand, das er nicht aufmachte, weil er einen Faustschlag ins Gesicht fürchtete.

Da trat der Kerl gegen seine Tür und schrie etwas, das nach Stinkefinger-Arsch klang.

Das reichte!

Fred riss die Autotür auf und schrie, was denn das Gehupe soll und ob der Mann einer dieser lebensgefährlichen Trottel sei, die bei Orangerot über jede Kreuzung fuhren! Dabei sprang er aus dem Auto und sah den anderen von oben bis unten an.

Beide Männer erstarrten.

»Drago!«

»Fred!«

Sie brechen beide in Gelächter aus.

Drago fällt Fred um den Hals, drückt ihn und ruft immer wieder »Bruder!«

Dreier ist überwältigt und spürt beim Umarmen seines alten Freundes, dass seine Augen feucht werden. Die zwei Männer blockieren mit ihrem Wiedersehen die Kreuzung und verursachen ein Chaos aus hupenden und schreienden Fahrern, die Autotüren aufreißen und mit Fäusten drohend herausspringen.

Zehn Minuten später sitzen sie in dem Gastgarten, den sie von früher her kennen. Drago sagt kein Wort zu Freds Jaguar. Sein Gesicht hat sich so rasch nach der Wiedersehensfreude verdunkelt, dass Dreier Schlimmes befürchtet. Der »Ex-Jugoslawe«, eine von Drago Kuncz aus »Respekt« für Titos Idee oft benutzte Selbstbeschreibung, kommt gleich zur Sache: »Ich bin auf dem Weg ins Gefängnis. Besuch«, und fügt mit Blick auf den Boden neben dem Tisch, noch bevor Fred fragen kann, hinzu: »Ivica.«

Ivo. Das ist sein Sohn. Fred sieht ihn erschrocken an.

Drago umklammert mit beiden Händen sein Bierglas, starrt auf die Tischplatte und sagt so leise, dass Dreier es gerade noch verstehen kann: »Der Pfaffe hat ihn dorthin gebracht.«

Klar, schuld sind immer die anderen, die Pfaffen sowieso, denkt Fred und erinnert sich an Dragos Sohn

Ivica, der als Teenager schon den Körper eines Mannes besessen hat.

»Wir uns viel zu lang nicht gesehen«, klingt es wie eine Feststellung, nicht wie ein Vorwurf.

»Ja, es ist viel ist passiert«, meint Fred.

Dann sagt Drago: »Begonnen alles wie Hollywood.«

Und er berichtet, dass Ivica hier in der Landesliga mit dem Handballspielen begonnen hat; den Klub-Torrekord bricht er schon im ersten Jahr, ein vierzehnjähriger Torschützenkönig in der Männer-Liga, das hat es noch nie gegeben, bester Torschütze auch im folgenden Jahr, das fiel natürlich auf, der Klub der Landeshauptstadt Linz meldete sich, das war Profi-Liga; sie gaben ihm einen Vertrag, er war sechzehn und verdiente mit seinem Hobby mehr, als der Vater ihm Taschengeld geben konnte. Das Geld für den neuen Geschirrspüler hatte der Bub vorgestreckt. Der ging neben dem Sport aufs Gymnasium. Die Noten waren gut, besser als Durchschnitt, keine Rede vom Durchfallen, er würde mit achtzehn die Matura machen.

Aber eines Tages drehte Ivica durch. Schlägereien, Alkohol, Schule aus.

»Scheiße! Und auch kein Training. Packt Sporttasche, aber trifft neue Freunde, hat Geld und kauft für alle ein: Hasch, Tabletten, Drogen, Zeug, das ihn verrückt macht. Ivo muss niemand was sagen. Immer. Als Mutter sagt, Trainingssachen aus der Sporttasche nicht verschwitzt, lacht er, muss nicht schwitzen, weil er besser als alle anderen.«

Die Post der Schule an die Eltern fing er ab, von Internet und E-Mail hatten die Eltern keine Ahnung. Ivica sprach nicht mehr mit ihnen. Zorn, Verzweiflung und viele Tränen wurden zum Alltag der Familie. Irgendwann schlug Drago, früher selbst ein Sportler, seinem Sohn ins Gesicht. Danach war Ivica verschwunden. Das nächste Mal sahen sie einander im Verhörzimmer der Polizeistation. Ivica hatte einen Mann krankenhausreif geprügelt und sagte kein Wort. Saß da und sah die Polizisten an, als würde er vor ihnen ausspucken. Seinen Vater blickte er gar nicht an. Niemand wusste, was in ihn gefahren war.

Dreier fragte sich, was das alles mit einem Pfaffen zu tun hatte. Da sagte Drago: »Du erinnerst Pater Ralf?«

Natürlich. *Gelebte Integration*, eine seiner am meisten beachteten Reportagen über das Projekt des Jugendseelsorgers Ralf Wader, der junge Menschen unabhängig von Herkunft und sozialem Hintergrund in seine Pfarre zum Sport einlud, hatte ihn fasziniert. Wader redete nicht von Gott und seiner Kirche, bei ihm trafen sich Christen, Moslems, Buddhisten, Orthodoxe diverser Prägungen und Bekenntnislose. Der Priester war als Protagonist in seinem Text ausführlich zu Wort gekommen und beschrieb, wie die spirituellen Bedürfnisse »seiner Jugendlichen« mit der Zeit ohne priesterliches Zutun zum Thema wurden, was den bekennenden Agnostiker Fred begeistert hatte. Auch Drago und seine Frau hatten diesen Mann fast schwärmerisch bewundert, weil in Pater Ralfs Sportstunden das Handballtalent ihres Sohnes entdeckt worden war. Ivica wechselte aus der Pfarre in die Landesliga, besuchte das Jugendprojekt aber auch als aktiver Vereinsspieler, so oft er neben Schule und Training Zeit dazu fand, erzählte sein Vater, der noch anfügte: »Aber Wader kein richtiger Mann, ist ein Schwein.«

Dreier sah Drago kopfschüttelnd ins Gesicht.

Der starrte in sein Bierglas und sagte: »Ralf Wader ist Deutscher, kommt aus der Gegend von Bonn …«

»Drago, bitte …« Fred hätte fast gelacht. »Was hat er denn angestellt?«

»Kann nicht sagen. Ein Schwein, musst mir glauben.«

Fred spürte Ärger in sich aufsteigen und sah auf seine Uhr, dieses Gerede interessierte ihn nicht. Das schien Drago zu spüren, gerade noch hörbar sagte er: »Ralf ein Schwuler.«

Dreier erschrak, sagte, dass Wader deswegen kein Schwein sein müsse, redete von Toleranz für andere Lebensformen und so weiter.

»Er geweint wie ein kleines Kind«, sagte Drago, wobei er sich Tränen aus den Augen wischte und erzählte, wie Ivica vor zwei Wochen im Besuchszimmer der Jugendstrafanstalt seinem Vater die größte Schande seines Lebens gestanden hatte.

»Er niemand gesagt, dass er nicht mehr in Jugendklub geht, weil dort diese Sachen, du weißt, ich kann nicht sagen. Er nicht der Einzige. Ralf gesagt, dass niemand angeht, was sie machen. Dann Ivica ihn bei Spielen als Zuschauer gesehen. Und sogar beim Training. Ivica nicht mehr hin, hat so schlecht gespielt, dass nicht mehr in der ersten Mannschaft. Wollte nicht mehr spielen, weil Wader immer dort. Ich keine Ahnung. Und im Sommer sieht Ivo den Wader am Pichlingersee. Der will ihn, hat ihn gesucht, Ivo das gewusst. Und am Abend ist er mit Freund in die Pfarre, Tür eingetreten, hat dieses Schwein verprügelt, fürs Krankenhaus, Freund hat ihn vor dem Schlimmsten zurückgehalten. Pfarrer nicht einmal Anzeige gemacht, Krankenhaus und die Kirche hat nicht mitgespielt.«

Fred starrte ihn an – und wusste, was die größte Schande im Leben eines jungen Mannes wie Ivica Kuncz war; und er dachte keine Sekunde daran, diesen Vater zu nötigen, ihm die Schande seines Sohnes in allen Details zu beschreiben, ihn noch einmal Wort für Wort wiederholen zu lassen, was Ivica ihm vor zwei Wochen in diesem Besuchszimmer genau gestanden hatte. Dreier sah dem Mann, der ihm gegenübersaß, in die Augen – und glaubte ihm.

Und in ihm ist Zorn. Fremd und groß und schwer.

Und Wut. Auf Ralf Wader, auf die Kirche – und auf sich! Auf seine Wichtigtuerei, die mit Journalismus nichts zu tun hat; er sieht dieses Priestergesicht, offen, heiter, männlich schön, und erinnert sich an das gute Gefühl während der Stunden mit Ralf Wader, seine Begeisterung für diesen Mann – und weiß: Ich habe mit meiner Reportage zu diesem Missbrauch beigetragen. Hätte ich spüren müssen, wie Wader gepolt ist? Sind die wirklich alle schwul?

Die Behauptung, dass ein Viertel aller Priester und Mönche homosexuell fühle und die Berufung zu priesterlichem oder mönchischem Leben in der Homosexuellenszene als Traumberuf gilt, hat Fred immer für journalistische Übertreibung gehalten; den sportlichen, braun gebrannten, sehr gut aussehenden, jungen Geistlichen Ralf Wader hat er sich eher als Zölibatsbrecher im Bett einer katholisch ehebrecherischen Bürgersgattin vorgestellt.

Da sagt Drago: »Ich weiß nicht, was ich tun soll.«

Die zwei Männer sehen einander an.

Da spürt Dreier die Hände Dragos, der seine Linke gepackt hat.

Fred sieht ihm ins Gesicht. »Ich verspreche dir, ich werde mich um die Sache kümmern«, sagt Fred.

»Danke, Bruder.«

2

Helene sagte: »Nein!«

Fred Dreiers Frau hätte dieses Wort nicht aussprechen müssen, um ihm zu sagen, was sie meinte. Sie zweifelte grundsätzlich an den Projekten ihres Mannes; ein Freund Freds hatte einmal zu ihm gesagt, dass es so aussieht, als wäre alles, was er als Schriftsteller und Filmemacher erreicht hatte, geschehen, um seiner Frau etwas zu beweisen. Die Beschreibung seiner Ehe muss hier stehen, um sein Verhalten nach dem Treffen mit Drago begreiflich zu machen. Denn nach dem Gespräch mit ihm, auf der Rückfahrt aus der Stadt zu seinem Büro mit Seeblick, quälten ihn die schwersten Zweifel seines Lebens. Er hatte keine Ahnung, wie er sich um die Sache kümmern könnte, und fuhr auf Umwegen sinnlos durch die Gegend, bis er vor seinem Haus stand. Er schaffte es nicht auszusteigen. Hockte tief unten. Als wollte er das Folgende hinauszögern, umklammerte Dreier das Lenkrad und dachte an das Versprechen, das er Drago gegeben hatte, das ihm nun wie das Versprechen von Kommissar Matthäi vorkam, der den verzweifelten Eltern eines ermordeten Mädchens versprach, den Mörder ihres Kindes zu fassen, dann aber an einem Zufall scheiterte und als Alkoholiker im Wahnsinn endete. Dreier hoffte, dass sein Leben kein Roman von Dürrenmatt sein würde.

Ein Gewitter stand dunkelblau am Himmel. Als er ausstieg, zuckte ein Blitz donnernd durch die Weite über ihm. Ein Windstoß schlug ihm die Äste von Helenes Goldregenbusch ins Gesicht, als er die Haustür aufsperrte. Sie saß mit ihren Kindern Nick und Samira bei Salat, Weißbrot und Salami geschützt vom Dach auf der Terrasse. Sommerregen fiel als warmer Vorhang aus dem Himmel. Dreier setzte sich an den Tisch, fing aber nicht zu essen an, sondern erzählte seiner Familie die Begegnung mit Drago. Empörte sich über Pfaffen und Kirche, da gab es keine Zweifel, der Fall war eindeutig.

Helene blickte ihren Mann gerade an und fragte mit schmaler Lippe: »Glaubst du alles, was man dir erzählt? Wieso gehen diese Leute nicht zur Polizei? Woher weißt du, dass das, was dieser Ivica seinem Vater erzählt, stimmt? Diese Geschichte klingt furchtbar. Aber weißt du, wie der junge Mann gepolt ist? In seinem balkanischen Macho-Umfeld hätte der mit so einer Orientierung ein massives Problem, das fällt mir zu dem Ganzen sofort ein. Und ganz praktisch gesprochen: Ich weiß nicht, wie der Herr in Form ist, aber wie schafft es so ein Pfarrer, einen durchtrainierten Spitzensportler, salopp gesprochen, aufs Kreuz zu legen? Deinem Ivica hat das am Anfang vielleicht gefallen, dann haben die zwei gestritten und der junge Mann rächt sich, das kommt, wie man weiß, in diesen Kreisen genauso vor wie bei den Heteros.«

Helene hatte nie so viel Zeit gehabt, Freds Reportagen zu lesen; alle seine Bücher lagen nach ihrem Erscheinen eine Zeit lang auf ihrem Nachtkästchen, bis sie eines Tages ohne einen Kommentar in der Bücherwand im Wohnzimmer auftauchten. Ob seine Frau Familie Kuncz kannte, wusste Dreier nicht. Der Unterton in Helenes Stimme machte ihn sprachlos. Fred saß da und sah an ihr vorbei hinaus in den Regen.

Er hatte bemerkt, dass seine Tochter Samira bei fast jedem Wort ihrer Mutter heftig genickt hatte; sie sah weg, als er sie ansah. Nick sagte, dass das alles irgendwie cool klinge. Dreier sprang auf und schrie ihn an, was er mit diesem saublöden Anglizismus in diesem Zusammenhang meine. »Du warst doch auch in diesem Projekt. Hast du dort etwas bemerkt? Ist dir nichts aufgefallen?«

Nick wich dem Vaterblick aus, schüttelte den Kopf, wirkte verärgert, verweigerte Aussage und Augenkontakt, aber sagte nach ein paar Minuten dann: »Mir ist nichts aufgefallen, sondern alles auf die Nerven gegangen. So ganz ohne beten, wie du behauptet hast, ist das nicht abgegangen. Einmal habe ich Maria mitgenommen, und da haben sich die, auch dein Pfarrer, so blöd benommen, dass sie gesagt hat, die spinnen alle. Sie war das einzige Mädchen in dem Verein. Mich wundert, dass dir das nicht aufgefallen ist. Mich hat diese Herrenrunde dann nicht mehr gefreut, wenn du es genau wissen willst.«

Helene aß, ohne ihren Mann eines Blickes zu würdigen. Fred atmete tief durch und erklärte ihr: »Ich kenne diese Leute und spüre, dass Drago Kuncz die Wahrheit sagt. So etwas nennt man Menschenkenntnis.«

Sie sagte nichts und reichte ihm lächelnd das Brotkörbchen. Er nahm es nicht an, schüttelte den Kopf. Und das Körbchen stand von ihr gehalten einen langen Augenblick in der Luft über dem Tisch, bis Fred sagte: »Drago ist ein Vater. Ich weiß, wie Väter empfinden, und ich glaube ihm. Deine zynische Skepsis ist primitiv und passt zu den Anhängern einer gewissen Partei, die zu wählen Blödheit bedeutet, das ist ein Naturgesetz.«

Nick entschuldigte sich für seine Blödheit und ging in sein Zimmer.

Samira stand auf und ging wortlos, ihre Mutter gab auf Dreiers Fragen keine Antworten und folgte ihren Kindern. Wenig später erklang hinter der verschlossenen Tür ihres Zimmers eine Symphonie von Bruckner.

Das passt zu dir, dachte Fred. Er saß alleine auf der Terrasse und betrachtete die leeren Plätze seiner Frau und seiner Kinder. Etwas hielt ihn davon ab, aufzustehen, ins Haus zu gehen und an Nicks und Samiras Tür zu klopfen.

In ihm war Zorn – fremd und groß.

Fred ging nach oben in sein Büro und setzte sich an den Schreibtisch. Blickte auf den Badesee am Rand der Stadt. Vor ihm war diese Landschaft, die er liebte. Doch etwas war verschwunden. Verloren. Er blickte um sich. Nahm aus den Reihen der in der Regalwand aufgestellten Ordner die Mappe mit den Materialien zu Familie Kuncz. Dreier setzte sich und las seine Reportage, in der er Dragos Sohn Ivica, Ivo, zu einem Handball-Jahrhunderttalent erklärt hatte; geschrieben hatte er den Text für sein Buch über Flüchtlingsschicksale, zwei Versionen davon hatte er an Magazine gut verkaufen können, sein geplanter Dokumentarfilm war an der Unfähigkeit des Produzenten gescheitert. Sie hatten einander danach ein paarmal getroffen, aber mit der Zeit aus den Augen verloren.

Da pochte jemand an die Tür zu seinem Büro, die Tür ging auf und Nick steckte seinen Kopf herein. Fred drehte sich um. Sein Sohn setzte sich auf die Couch, sah ihn an und sagte: »Hast du Zeit? Darf ich dich was fragen?«

Fred hörte Nicks Vertrauen und freute sich darüber. »Ich bitte dich darum.«

»Was hältst du von einem Betriebswirtschaftsstudium?«

Nur mit Mühe gelang es Fred, nicht zu lachen. Einen Anflug von Fassungslosigkeit verbergend, wandte er den Blick von Nick ab und betrachtete den See in der Ferne; er wird nie vergessen, dass er an Ivica dachte, und sagte: »Ich kann zu diesem Studium nichts sagen.«

»Aber was hältst du davon?«

Fred fühlte Enttäuschung, lächelte und sagte: »Das hat Zukunft, wie man so sagt, aber ich sehe das ehrlich gesagt als die Theorie zur Praxis des Kapitalismus.«

Da lächelte Nick, sah auch auf den See, dachte lange nach und sagte: »Danke. Das war sehr interessant, was du gerade gesagt hast.«

Dass sein Sohn ihn um Rat gefragt hatte, machte Dreier glücklich. Er betrachtete die von Nick geschlossene Tür, beschloss zu handeln und stieg hinunter in den Keller. Im kleinen Raum neben dem Heizkessel standen auf drei Stellagen verteilt drei Ordner aus seiner Projektzeit. Fred kramte einige Adressbücher heraus, mit denen er nach oben ins Licht stieg. Auf der Terrasse studierte er die Namen auf den inzwischen fast vergilbten Seiten. Manche waren tatsächlich so berühmt geworden, wie man es als Journalist in diesem kleinen Land werden konnte. Fast alle waren noch im Geschäft. Er blätterte und dachte strategisch: Welcher Anruf bringt am meisten?

Drei Nummern blieben übrig.

Joe Pollak hatte keine Ahnung, wer da sprach, und sagte nach Freds Erklärung, es wäre bei ihm gerade ganz schlecht, er hätte viel zu tun, könne momentan niemand treffen und würde sich so bald wie möglich melden. Arschloch, dachte Dreier beim Auflegen. Klaus Körner wusste sofort, wer ihn da anrief. Endlich! Erst unlängst hätten sie über ihn gesprochen, niemand habe gewusst, was er jetzt treibe, wo er lebe, einfach untergetaucht, was für eine geniale Überraschung dieser Anruf doch sei. Fred erzählte ihm in Stichworten die Ivica-Wader-Geschichte. Klaus hatte übermorgen in Linz, im ORF-Landesstudio, zu tun, danach könnten sie sich gleich »reintigern«. Alex Gause schrie ins Mobiltelefon, dass hier Rom spreche, auch er wusste sofort, wer ihn anrief, aber er saß gerade mit Aufenthaltsstipendium auf der Piazza Navona, musste seinen ersten Roman fertig schreiben, würde aber nächste Woche in Wien sein; sie machten ein Treffen aus und Fred fühlte sich gut, fast so wie früher, wenn er gespürt hatte, dass aus einer Geschichte *mehr* werden könnte.

Klaus hatte sich sehr verändert.

Sie saßen in der Kantine des Landesstudios und er parierte Freds spöttischen Bemerkungen mit selbstironischer Pragmatik: Die langen Haare wären ihm zu unpraktisch und fünfzig Zigaretten pro Tag zu ungesund, seit er dreimal in der Woche trainierte. Die immer ungewaschenen Rolling-Stones-T-Shirts und die Jeans hatte seine Frau verbrannt, ihr gehörte eine Boutique in der Wiener Innenstadt, er wollte vor allem wissen, wohin Dreier verschwunden war. Der berichtete das Wichtigste und sagte dann, dass er über eine Schweinerei gestolpert sei, sicher eine Geschichte für das Nachrichtenmagazin, in dessen Redaktion Klaus seit einiger Zeit saß. Körner bat um einen Bericht und hörte zu, ohne sich Notizen zu machen. Dann sagte er, solche Geschichten prinzipiell nur zu machen, wenn mindestens drei miteinander nicht bekannte Leute, wenigstens einer von ihnen ohne einen sogenannten Migrationshintergrund, mit ihm redeten und das gleiche sagten. Sie vereinbarten, dass Fred an der Geschichte dranblieb, Körner würde sich melden und fand es super, dass sie einander nach einem halben Leben zum Plaudern getroffen hatten.

Alex Gause rief Dreier am Tag ihres Treffens an, um sich zu entschuldigen, er schaffe es einfach nicht, aber er wollte wissen, worum es in dieser Geschichte wirklich gehe. Fred berichtete, auch Alex fragte, ob es außer Ivica noch andere Zeugen gebe, und betonte, dass ihn diese Geschichte brennend interessiere, aber bevor sie einander zu einer Besprechung treffen, wäre es gut, wenn Fred vor Ort möglichst viele Infos zusammentragen würde. Dreier sagte nicht, dass ihm Drago inzwischen bei einem ihrer Telefonate die Namen von einigen Jugendlichen genannt hatte, die aussagen wollten, darunter zwei junge Österreicher ohne Migrationshintergrund – Fred hatte Gause und Körner für Protagonisten seines Lebens gehalten und beschlossen, diese Geschichte selbst in die Hand zu nehmen.

Doch eine Woche nach Dreiers Anruf meldete sich Joe Pollak bei Fred.

Er entschuldigte sich gleich zur Begrüßung damit, dass Dreier sich am Tag nach seiner Scheidung und zwanzig Stunden vor der Abnahme einer großen Fernsehreportage gemeldet habe und dass er so viel wie damals in seinem ganzen Leben noch nicht um die Ohren gehabt habe. Zwei Tage später saßen Joe und Fred in Wien im Café Hummel. Dreier wusste nach zwei Versuchen, wie seine Geschichte effektiv zu erzählen war. Joe hatte früher selbst bei West Wien Handball gespielt und war entsetzt. Fred gab ihm eine Mappe mit allen Namen, Orten und Informationen, die er gesammelt hatte. Joe war beeindruckt und sagte, dass Fred natürlich Co-Autor und Initiator dieser Geschichte sei, was finanziell nicht sein Nachteil sein werde. Pollak überflog das Dossier und sagte: »Wann kann ich wen treffen?«

Fünf Tage später stellte Fred ihm Drago und Ivica vor. Sie standen vor einem Wohnblock im Linzer Stadtteil Kleinmünchen, nicht die beste Gegend der Stadt. Joe war in seinem Range Rover mit Kameramann, einer jungen Tontechnikerin und einem Producer aus Wien nach Linz angereist. Er arbeitete als freier Fernsehjournalist für Sender in Österreich und Deutschland, Angebote einer Fixanstellung beim Staatsfernsehen hatte er abgelehnt. Der Kameramann checkte die Location und besprach mit Beitragsgestalter Pollak, was wo passieren würde. Joe berichtete Dreier, dass er diese Geschichte wegen der größeren Reichweite zuerst dem öffentlich-rechtlichen Sender des Landes angeboten habe, wo man sich einen Beitrag mit redaktionellen Eingriffen vorstellen konnte, was ihn nicht interessierte; beim größten Privatsender des Landes musste er nicht lange fragen, die kannten ihn, waren sofort dabei und hatten Verbindungen zum deutschen Fernsehmarkt. Joe wusste schon jetzt, dass der Staatssender nachziehen musste, aber der Mann, der gerade Drago und Ivica schminkte, würde die beiden unterschreiben lassen, dass sie nur mit Dreier und Pollak redeten. Der ihretwegen betriebene Aufwand schüchterte Drago und die Seinen ein, und Fred staunte über Joes Einfühlungsvermögen, mit dem es ihm gelang, seinen Protagonisten in wenigen Minuten jede Scheu so gründlich zu nehmen, dass sie redeten, als stünden sie nicht zum ersten Mal vor Kamera und Mikrofon. Joe sprach mit den Eltern und dem Sohn im Wohnzimmer, mit der Mutter allein in ihrer Küche und filmte dann

Ivica am Schreibtisch beim Lernen in seinem Jugendzimmer. Der Schauplatz seines großen Interviews lag im Garten hinter dem Wohnblock mit Aussicht auf die Stadt. Dreier saß als Zuschauer auf einem Gartensessel neben der Szene, bis ihn Joe überrumpelte – als er, nachdem er etwa zehn Minuten mit Ivica geredet hat, dem Kameramann zunickt, sich umdreht, ein paar schnelle Schritte durch den Garten geht und Fred das Mikrofon unter die Nase hält: »Herr Professor Dreier, wie stehen Sie zu Familie Kuncz?«

Dreier starrt Pollak einen Augenblick an, steht auf, sieht das rot leuchtende Lämpchen der laufenden Kamera, senkt den Kopf, lächelt, hebt den Blick und berichtet von seinem Buch über Flüchtlinge, von seiner Arbeit als Schriftsteller, Lehrer, sagt zuletzt, dass Ivica Kuncz das außergewöhnlichste Bewegungstalent sei, das er je gesehen hat.

Drei Tage später sitzt er mit seiner Frau beim Abendessen vor dem Fernseher. Ihnen gegenüber auf dem Bildschirm sitzen mit blassen Gesichtern Drago, seine Frau und Ivica Kuncz auf der Couch ihres Wohnzimmers, während Joe Pollaks Stimme die Familie als Musterbeispiel einer gelungenen Integration vorstellt, wobei zu sehen ist, wie gut diese fleißigen Menschen hier unter uns lebten.

Umso hässlicher klingt, was der achtzehnjährige Sohn sagt.

Dunkler Teint, glatt schwarze glatte Haare, volle Lippen unter breiten Backenknochen, der junge Mann ist schön, sitzt in einem Garten und erzählt in fehlerlosem Deutsch, das durch seinen Akzent bereichert wirkt, dass in Ralf Waders Jugendklub niemand gefragt hätte, woher er komme und woran er glaube, jeder hätte den anderen so genommen, wie er war. Zur Frage, wie viele Mädchen in der Gruppe gewesen wären, zuckt Ivica die Schultern, sieht zur Seite und sagt: »Keine Mädchen, keine Ahnung warum.« Er, er wirkt verärgert. Dann sieht man Ivica beim Handballspielen und hört ihn sagen, dass er dem Pater dankbar für das Handballspielen in seinem Klub sei, denn dabei wurde sein Talent entdeckt. Als er dann Vereinsspieler ist und nicht mehr so viel Zeit für den Jugendklub hat, geht er eine Woche vor seinem sechzehnten Geburtstag, weil er ihm vertraut, zu ihm zur Beichte. Wader hat ihn dazu in seine helle Wohnung eingeladen und will bei der Beichte nur wissen, ob er sich berühre. Eines Abends, die anderen sind schon weg, er hat im Gym des Jugendklubs allein Kraft trainiert, was er manchmal zusätzlich zum Vereinstraining macht, da steht beim Duschen plötzlich der Priester nackt neben ihm in der Dusche, obwohl der gar nicht trainiert hat. Wader lacht, sagt, dass er ihm zeigen müsse, wie ein Mann sich gewissenhaft reinige, so als ob er sich nicht jeden Tag nach dem Training duschen würde. Hat Ivica bis zu diesem Moment entschlossen, aber unaufgeregt gesprochen, im Halbprofil vor der Kamera sitzend, bricht er plötzlich ab; als würde er begreifen, was er gerade gesagt hat, sitzt er schweigend da und wendet sich ab. Pollaks bohrende Frage, was der Priester dann getan hätte, klingt lange unbeantwortet nach. Bis Ivica herumwirbelt, als würde er aus der Halbtotale des Bildformats herausfallen. In seinem Gesicht sind Schmerz, Zorn und Hilflosigkeit, in seinen Augen sind Tränen: »Ich werde das nicht im Fernsehen sagen, ich werde das keinem Menschen sagen.«

3

Ivicas Anklage überwältigte Fred.

Er war dreiunddreißig Sekunden im Beitrag zu sehen, und Drago nannte ihn seinen wahren Freund, der alles aufgedeckt habe. Drei Tage nach dem dreiminütigen Bericht im Privatfernsehen vor knapp hunderttausend Zuschauern, nach Geschichten im größten

Nachrichtenmagazin und in einer Qualitätszeitung des Landes sowie Berichten in der Regionalpresse musste sich auch der öffentlich-rechtliche Sender des Landes äußern; die Verantwortlichen wanden sich bei einer Pressekonferenz unter den Fragen der Journalisten, die von Joe Pollak wussten, dass der freie Journalist mit seiner Enthüllungsgeschichte bei ihnen abgeblitzt war. Ein Missverständnis, beeilte man sich klarzustellen, natürlich würde man über diesen Skandal berichten – und plötzlich war diese Geschichte groß. Und der Aufdecker, Fred Dreier, berühmt. Dreizehn Tage nachdem Fred Dreier und Drago Kuncz einander auf der Kreuzung getroffen hatten, wusste das ganze Land, was ein Vater seinem Freund in einem Linzer Gastgarten erzählt und dessen Sohn – nicht nur vor der Kamera Joe Pollaks – wiederholt hatte. Fred sah sich genötigt, nach einundzwanzig Telefonanrufen bis zum Mittag sein Mobiltelefon abzuschalten, die Ansagen auf seiner Sprachbox löschte er ungehört.

Ralf Wader und die Kirche schwiegen. Das Land erlebte eine Kampagne.

Pollak hatte die Star-Journalisten Alex Gause, Klaus Körner, die Austria Presseagentur und die Redaktionen der größten Regionalzeitungen zwischen Neusiedler- und Bodensee über Inhalt und Sendetermin seiner Reportage informiert; der Beitrag stand auf seiner Facebook-Seite und tausende Freunde teilten ihre Empörung mit ihren Freunden. Joe wusste, dass Gause und Körner aus journalistischer Professionalität dem antiklerikalen Zeitgeist gemäß berichten mussten. Als Joe den Staatssender nicht zahlen ließ und Fred ihn auf diese Großzügigkeit anredete, lachte Pollak: »Exklusivvertrag ist egal, ein Ausländer, der mit so einer Geschichte Geld verdient, kommt nicht gut an.«

Fred hatte in seinen dreizehn Monaten als freier Schriftsteller davon geträumt, so gefragt zu sein, doch niemand wollte nun etwas von seiner Literatur wissen, es ging um Kirche, Schule und Schwule. Dreier redete in diesen Tagen so viel wie noch nie in seinem Leben und spürte in der Schule auch das Interesse der Kollegen und Kolleginnen, mit denen er wenig Umgang hatte. Man bewunderte seine Zivilcourage und war sich im Konferenzzimmer einig, würde es hierzulande mehr Menschen wie ihn geben, müssten sie sich um die Zukunft ihrer Kinder und die des Landes weniger Sorgen machen. Frau Dr. Leopold, seit zwei Jahren sein permanenter Ehebruch, flüsterte ihm zu, erregt wie schon lange nicht mehr zu sein, sie würde nach der Schule in ihrer Wohnung auf ihn warten, aber Fred hatte keine Zeit, sondern drei Pressetermine.

Auch Klaus Körner und Alex Gause wollten ein Gespräch, sie fanden superstark, wie er das hingekriegt habe; sie kannten Joe von früher und belächelten ihn als quotengeilen Fernsehmacher. Fred stellte die beiden mit Genugtuung ans Ende der Liste von Interviewanfragen, während er in seinem Büro mit Blick auf den See saß und Zeitungen las. Die landesweit erscheinenden Blätter brachten die Geschichte als Aufmacher. Fred sah sein Konterfei klein neben den großen Bildern von Ivica und Drago auf Titelseiten. Er blätterte in den Online-Ausgaben der Zeitungen und fühlte eine Anspannung, die er noch nie erlebt hatte. Zwei Angebote, als Experte für Kirche und Missbrauch in Nachmittagstalkshows aufzutreten, lehnte er ab, weil ihm dieses Thema zu ernst für das Bügelfernsehen war. Helene ärgerte sich über seine Arroganz, ihrer Meinung nach gehörte Klappern zum Handwerk. Er erklärte ihr, dass es hier nicht um PR, sondern um verzweifelte Menschen gehe, was sie verstand. Sie begann, vieles an ihm anders zu sehen. Seit ihr Mann Thema im ganzen Land war, hatte der das Gefühl, von ihr so wie noch nie in ihren dreiundzwanzig Ehejahren gesehen zu werden; an einem dieser Tage fragte sie Fred zum ersten Mal, woran er gerade arbeitete, sie wollte endlich einmal mit ihm über seine Arbeit reden.

Ralf Wader schwieg.

Einige Männer der Kirche redeten. Der Bischof von Tirol sagte am siebenten Tag nach der Anklage, dass Ivica Kuncz ein Mensch mit einer sehr kranken Seele sein müsse. Das Büro eines anderen Bischofs ließ verlauten, man gehe davon aus, dass Pater Wader in der Substanz der Anschuldigungen unschuldig sei, ein dritter brachte seine Solidarität mit dem Beschuldigten zum Ausdruck und der Wiener Weihbischof meinte, es könne mit Sicherheit gesagt werden, dass sich die Vorwürfe als haltlos herausstellen würden.

Fred Dreier wurde auch verflucht.

Tausende der über drei Millionen täglichen Leser der größten Boulevard-Zeitung des Landes, die Fred seit Jahrzehnten nicht einmal durchblätterte, verfassten Tag für Tag Leserbriefe, von denen nur ein Bruchteil veröffentlicht werden konnte; die Briefschreiber erkannten das Wirken des Antichrist, der unterstützt von der linksliberalen Medien-Jagdgesellschaft, vereint mit Laien und Freikirchengruppierungen, angetreten war, das Fundament der heiligen römisch-katholischen Kirche zu zerstören. Der Lokalpolitiker Franz Miesenböck, Bürgermeister der Gemeinde Laching und Mitglied einer Partei, deren Namen Fred seit Jahren aus Gründen intellektueller Hygiene nicht aussprach, versprach im Lokalfernsehen, dass er, sollten die Wähler ihm das Vertrauen schenken, so gottlose Lehrkräfte wie diesen Herrn Dreier sofort aus dem Schuldienst entfernen würde. Fred Dreiers Schüler und Schülerinnen liebten ihn. Er redete nicht mit ihnen über seinen Fall, aber er entnahm den Bemerkungen und Blicken, dass sie alles wussten, mehrmals lag eine Zeitung mit einem Bericht auf dem Lehrertisch.

Zwölf Tage nach Ivicas Anklage sprach Medienbischof Kurt Schalk, verantwortlich für Kunst, Kultur und Wissenschaft der katholischen Kirche des Landes, zu seinem Kirchenvolk. Er galt als konservativ, wurde aber als intellektueller Theologe auch von seinen Gegnern respektiert. In der ersten ungeduldig erwarteten offiziellen Stellungnahme der Kirche stellte er voller Demut und Trauer über die Verirrung dieses jungen Mannes schlicht in Abrede, was von diesem gegen seinen Wohltäter vorgebracht wurde. »Aber Gott ist groß. Die Kirche und ich selbst lieben auch diesen Menschen. Er hat gewiss mehr gelitten, als wir uns hierzulande vorstellen können. Ich sehe Verzweiflung, ein schweres Kriegstrauma, dazu kommt seine Jugend.« Am Ende des drei Minuten langen Beitrages hob er in den Hauptnachrichten des öffentlich-rechtlichen Fernsehens um halb acht seine rechte Hand, schlug segnend ein Kreuzzeichen vor der Kamera und sagte: »Daher verzeiht ihm Gott, und erst recht verzeihen ihm fehlerhafte Menschen.«

Mit dieser Geste traf er den Nerv der Gesellschaft.

Fred Dreier hatte nie verstanden, warum Kirchenthemen wie die Bischofsernennung von Monsignore Schalk ein Volk der Taufscheinkatholiken so aufregten, dass auch Boulevardblätter voll waren mit Kommentaren zur Religion. Die Bevölkerung war in den letzten sechzig Jahren um eineinhalb Millionen Menschen gewachsen, aber die Zahl der römisch-katholisch Gläubigen war in dieser Zeit fast um ein Viertel gesunken. Protestanten, Buddhisten, die Zeugen Jehovas, diverse orthodoxe Kirchen und zahllose eingetragene Bekenntnisgemeinschaften galten als harmlose Minderheiten, doch die wachsende Verbreitung des Islam als Folge der Migration machte viele Leute, die nicht einmal an den hohen Feiertagen in die Kirche gingen, katholisch. Der Bischof kam viel herum. Seine provokant pointierte Ausdrucksweise machte ihn auch im Ausland zu einem gern gesehenen Gast von Fernsehdiskussionen über gesellschaftliche Entwicklungen, in denen er Wertewandel und Sinnkrise mit dem Schwinden Gottes aus dem Bewusstsein der Menschen erklärte; auf Kritik an den hierarchischen Strukturen seiner Glaubensgemeinschaft entgegnete er einmal, nicht für die demokratisch-katholische, sondern die römisch-katholische Kirche zu sprechen.

Diese Formulierung fand Fred genial. Er war froh gewesen, sich mit solchen Leuten nicht auseinandersetzen zu müssen. Aber plötzlich saß er in seinem Büro und las Interviews mit diesem Bischof, der ihm mit roten Wangen wohlbeleibt aus vielen Bildern entgegensah. Und in den Augen dieses Gottesmannes war leidenschaftliche Überzeugung, die ihn erschreckte –

dieser Mann wusste, woran er glaubte, und hatte jeden Zweifel längst vergessen.

Etwas wie Neid huschte durch Freds Gemüt.

Fred hatte nie geglaubt, nicht an Gott und schon gar nicht an seine Schriftstellerei. Einige gute und wenige enthusiastische Kritiken, Lesungen und Radiosendungen nach der Publikation seines ersten Erzählungsbandes in einem Kleinverlag hatten ihn bestärkt, als er nach dem Abschluss seines Studiums etwa ein Jahr lang versuchte, als freier Schriftsteller zu leben. Aber er hatte keine Karriere-Idee und hatte vor seinem dreißigsten Geburtstag die Hausbesitzerin Helene geheiratet und es sich in seinem Büro mit Seeblick eingerichtet. Dass er sich die ganzseitige Absage des Frankfurter S. Fischer Verlages, aus der hervorging, dass man seine Erzählungen dort genau gelesen habe, mit etwas wie Stolz am Grund seiner Mappe mit den Dokumenten seines wirklichen Lebens aufhob, erzählte mehr über ihn, als er jemals verstehen würde. Dreier hatte als Schüler erste Romane und Stücke geschrieben; er war immer irritiert, wenn seine Schriftstellerfreunde von ihrem Schreiben als Arbeit sprachen. Fred schrieb, weil er nicht für Miete, Telefon, Auto, Essen und Urlaub etwas tun wollte, was er als reicher Mensch nie tun würde. Ihn trieben diffuse Bestsellerträume an den Schreibtisch, wo er ab seinem vierzigsten Geburtstag in wenigstens zwanzig Romanskizzen den Abgang aus seinem Lehrerleben beim Einkaufen im Supermarkt plante oder er sich ein Dasein als Prosa schreibender Lustsklave einer greisen Millionärin zusammenfantasierte.

Ivicas Geschichte hatte mit Literatur nichts zu tun. Hier ging es um außerliterarische Wirklichkeit, in der er sich keinen Fehler erlauben durfte. Ein mit Fred befreundeter Anwalt sagte ihm, dass die Kirche diese Angelegenheit aussitzen würde, man hätte da einschlägige Erfahrungen. Wenn er dem Herrn Professor raten dürfe, dann sollten seine Leute ein allfälliges Angebot der Versöhnung oder Wiedergutmachung sofort annehmen, es sah derzeit nicht danach aus, dass es zu einer Anklage und einem Prozess komme.

Dann saß Dreier sechs Wochen nach Ivicas Anklage und zahlreichen Anrufen, bei denen ihm jede Auskunft verweigert worden war, im Büro des zuständigen Untersuchungsrichters. Dieser sagte ihm ins Gesicht, dass er nicht mit ihm reden dürfe, schon gar nicht müsse und es nur tue, weil eine beeindruckende Hartnäckigkeit an den Tag gelegt worden wäre, er früher selbst Handball gespielt habe, und weil diese Sache eingestellt worden sei. Es stand Aussage gegen Aussage. Kein weiterer Ankläger war bereit gewesen zu bestätigen, was Ivica vorgebracht hatte, er könne nicht verantworten, so schwerwiegende Vorwürfe auf einer so dünnen Basis zu erheben. Und das wäre im Übrigen auch in seinem Sinn, denn was eine Niederlage der Kläger für die Stimmung in diesem Land für Folgen gehabt hätte, könne Herr Professor Dreier sich wohl leicht ausmalen, immerhin ging es da nicht nur um diesen Fall, sondern um die Ausländer. Auch wenn es nicht das erste Mal war, dass ein Priester wegen einer solchen Anklage ins Gerede kam und sich das Mitgefühl des Volkes für die Kirche wegen Zölibat, Frauenunterdrückung und Kommunionsverweigerung für geschiedene Wiederverheiratete in Grenzen hielt – aber dass ein Ausländer, dem man mit Steuergeld zu einem guten Leben in diesem Land verholfen hatte, es zum Dank wagte, solche Schweinereien zu behaupten, das wäre der wahre Skandal.

Dagegen war nichts zu sagen.

Der Pfarrer schwieg, die Tage vergingen und die Kirche äußerte sich nicht mehr offiziell. Professor Dreier war in einer prekären Lage. Sein Schulalltag war so schwierig wie noch nie. Ivicas Geschichte war nicht mehr in den Medien, aber dafür das Hauptthema seines Alltags; als in einigen Zeitungen zu lesen war, dass seine Ehe an diesem Skandal zerbrochen wäre und seine Beziehung zu einer namentlich nicht genannten Kollegin in mehreren Artikeln Erwähnung fand, musste Fred mehrmals im Konferenzzimmer erklären, dass so etwas nur geschrieben wurde, um die Glaubwürdigkeit dieses Ehebrechers zu untergraben. Dreier wäre erschrocken, hätte er gewusst, wie viele es ihm von Herzen gönnten, dass er sich ziemlich lächerlich gemacht hatte. Manche trösteten ihn schulterklopfend, er solle froh sein, dass ihm durch seine Stelle an der Schule nichts passieren konnte. Irene Leopold berichtete ihm in irgendeinem Hotelbett, dass die kollegiale Mehrheit und selbst von ihm als liberal eingeschätzte Kollegen meinten, er hätte versucht, seinen bescheidenen Ruhm als Schriftsteller mit so einer windigen Skandalgeschichte aufzupolieren. Nicht wenige im Kollegium belächelten ihn als blauäugigen Gutmenschen, der sich aus Idealismus, eine seiner großen Stärken, von diesen Leuten vor deren Karren spannen hatte lassen. Hatte er wirklich geglaubt, dass da etwas rauskommen könnte? Selbst wenn an diesen Vorwürfen etwas dran gewesen wäre, gegen die Kirche hatte doch in diesem Land keiner eine Chance. Schon gar nicht so eine Jugopartie.

4

Ivica weinte.

Er saß mit zuckenden Schultern, Kopf und Gesicht unter Armen vergraben, am Tisch und weinte seit einigen Minuten.

Wie ein Kind, dachte Fred.

Sie saßen zu dritt in der Küche. Drago zitterte vor Zorn. Es hielt ihn nicht auf seinem Platz. Immer wieder sprang er auf, wollte hinausstürmen, unfähig zu glauben, was er heute erfahren hatte, erzählte er Dreier zum dritten Mal an diesem Nachmittag: »Journalist, hat oft über Ivica geschrieben, sagt im Café, schade, dass dem Pfaffen nix passiert. Fred, mach was!«

Dreier fiel es schwer, seine Fassungslosigkeit zu verbergen. Drago hatte ihn am Vormittag angerufen. Jetzt warteten sie auf Joe Pollak, Klaus Körner und Alex Gause. Krisensitzung, dachte Fred. Er wusste, Ivicas Geschichte war fürs Erste gelaufen, nachdem sie länger, als er das erwartet hatte, ziemlich prominent gespielt worden war. In einem der zuletzt seltenen Zeitungsartikel hatte man von kirchlicher Seite weitere offizielle Stellungnahmen mit der Begründung verweigert, dass sich kein Mensch gegen solche Vorwürfe wehren könne. Pater Ralf war in die Provinz versetzt worden.

Da läutete Freds Mobiltelefon. Joe Pollak rief an, ihm sei eine Geschichte »dazwischengerannt«, das wäre gutes Geld, das auszuschlagen er sich einfach nicht leisten könne. Alles klar, dachte Fred und verstand, dass Joe mit Ivicas Geschichte sich wieder ins Geschäft gebracht hatte. Innerhalb der nächsten halben Stunde sagten auch Körner und Gause wegen dringender Jobs ab, aber sie würden dranbleiben, versicherten sie Dreier, der sein Bestes gab, die Absagen vor Drago und seinem Sohn kleinzureden und ihnen seine Enttäuschung nicht zu zeigen. Das fiel ihm schwerer als erwartet. Fred wusste, wie Journalismus funktionierte, er war froh, ein geregeltes Lehrereinkommen zu haben und nicht diesen Zeitungsmist schreiben zu müssen. Aber jetzt saß er in dieser Küche und musste erkennen, dass Körner, Gause und Pollak durch sein Engagement eine gute Story gehabt hatten, alles andere war diesen Leuten egal. Hast du wirklich mehr erwartet?, fragte er sich.

Ja, dachte Dreier, und in ihm war dieser Zorn, neu und größer als je zuvor.

Ivica stand auf und ging in sein Zimmer.

Drago und Fred saßen da und wussten nicht, was sie sagen sollten. Dreier fürchtete, dass nun der Vater zu weinen beginnen würde. Drago nahm Freds Hände, drückte sie und bedankte sich mehrere Male für seine Freundschaft. Er fuhr mit seiner Frau einkaufen, und

Fred Dreier beschloss, allein mit Dragos Sohn zu sprechen. Der blieb an seinem Schreibtisch sitzen, als Dreier sein Zimmer betrat, drehte sich mit seinem Sessel weg und sah nicht den Besucher an, sondern starrte vor sich auf den Teppichboden.

»Ich glaube dir, egal, was die Leute reden«, sagte Fred.

Ivica sah ihn an und zuckte lachend die Schultern. »Egal. Was willst du noch von mir?«

Fred erschrak über den Ausdruck in Ivos Gesicht. »Mit dir reden.«

»Wozu? Ich will mit niemand reden.«

»Wie geht es jetzt bei dir weiter? Drago sagt, du hast die Schule geschmissen, ein Jahr vor der Matura, das hat doch keinen Sinn.«

»Weiß ich. Scheiß auf Matura. Die hat auch keinen Sinn.«

»Was ist mit Handball? Warum kommst du nicht mehr zum Training?«

»Scheiß drauf. Freut mich nicht mehr.«

Fred stand im Zimmer. »Darf ich mich setzen?«, fragte er und deutete auf das Bett.

»Nein.« Ivica drehte sich um und sagte: »Ich habe viel zu tun.«

Das Gespräch dauerte keine drei Minuten. Fred stand da, nahm sich vor, bis hundert zu zählen, ging bei dreißig und sagte: »Servus. Alles Gute.« Dabei blickte er im Gehen noch einmal zurück, doch Ivica hatte sein Gesicht abgewandt, als er die Tür hinter sich schloss. Im Stiegenhaus auf dem Weg nach unten begegnete ihm eine Nachbarin, die ihm wortlos grinsend ins Gesicht sah, einige Schritten weiter hörte er sie laut lachen.

Irene Leopold berichtete ihm einen Tag später im Auto halb nackt mit süffisantem Unterton, dass sie mit ihrem Mann an zwei Sonntagen in die Kirche »gepilgert« sei, um sich diesen Pfarrer anzusehen, und könne daher mit Sicherheit sagen, dass dieser Mann bei Gott nicht so orientiert sei, wie dieser Junge behauptete. Dreier schrie, dass sie eine blöde Kuh sei und jetzt ein idealer Zeitpunkt wäre, diese Affäre zu beenden.

5

Dreier besprach die Lage mit Joe Pollak, der ihm erklärte, dass Medienbischof Schalk abgewartet hatte, ob die Geschichte von selbst einschlief, um dann um halb acht in den Hauptnachrichten – demütig – zu antworten. Wie Fred vielleicht bemerkt hätte, waren am Tag nach der kirchlichen Reaktion die ersten Kommentare mit Zweifeln an der Anklage erschienen. Auch wenn die Gotteshäuser an den Sonntagen fast leer waren, selbst in Zeitungen war zu lesen, dass man nach der Anklage eines Einzelnen nicht vorschnell urteilen dürfe. Dass diese Zeilen ausgerechnet von jenen Medien kamen, die vor einem halben Jahr mit Spott gemeldet hatten, dass eben dieser Bischof sich nicht entblödete, in *Harry Potter* Satanismus zu entdecken und Naturkatastrophen als Gottesstrafen zu erklären, fiel kaum jemandem auf.

Joe und Fred saßen in einem Wiener Café. Pollak sah ihm ins Gesicht und sagte: »Wird Zeit, dass du etwas nachlegst.«

Fred hatte einige Ideen.

Und stand am nächsten Tag um vier Uhr nachmittags im Foyer des Sportzentrums, wo die Linzer Handballer trainierten und ihre Heimspiele bestritten. Ivicas Trainer hatte sofort Zeit. Zwei Stunden nach Freds Anruf klopfte er ihm lachend auf die Schulter, sagte: »Ich bin Ivan«, und bedeutete ihm zu folgen. Dann saßen sie im VIP-Klub des Vereins, wo ihm der Handballcoach sein Herz ausschüttete. Der Kroate Ivan Kavcic, Vize-Weltmeister, Europameister, Olympiasieger, hatte als Profi zehn Jahre in Spanien und Deutschland viel Geld verdient und war mit achtunddreißig Jahren als Spielertrainer in die oberösterreichische Landeshauptstadt gewechselt, wo es ihm gelang, mit den jungen Spielern des Vereins Erfolge zu feiern. Kavcic war froh, dass Dreier sich bei ihm gemeldet hatte, sonst hätte er Kontakt mit ihm aufgenommen – um eine Aussage zu machen. Er erzählte, dass er in seinem langen Handballerleben noch nie ein solches Talent wie Ivica gesehen hätte. Als er nicht mehr zum Training kam und alles wegschmiss, seine Gottesgabe verschleuderte, war ihm zum Weinen. Er fuhr ihm nach, suchte ihn, sah ihn auch ein paarmal in einem der Lokale für junge Leute, aber jedes Mal, wenn er ihn im Gedränge entdeckte und auf ihn zusteuerte, um mit ihm zu reden, lief Ivo davon. Er war wegen seiner Import-Export-Geschäfte, die er neben dem Handball betrieb, im Ausland gewesen und gestern zurückgekommen. Seine Frau hatte ihm Fernsehberichte aufgenommen, Zeitungen aufgehoben und es gab für ihn keinen Zweifel: »Ich kenne diesen Mann. War Zuschauer bei jedem Spiel. Hat manchmal beim Training zugeschaut. Nicht normal. Real Madrid hat Zuschauer beim Training, aber nicht wir. Der hat nach dem Training auf Ivica draußen vor der Halle gewartet. Hat ihm aufgelauert. Ich erkenne Schwule, wenn ich sie sehe.« Er wollte für »seinen« Jungen alles tun. Natürlich würde er seine Aussage vor Gericht und jeder Kamera wiederholen.

Mario Schenks Mutter erzog ihren Sohn allein, seit ihr Mann sie für eine jüngere Frau verlassen und mit ihr eine zweite Familie gegründet hatte. Frau Schenk leitete eine Filiale der Raiffeisenbank, nahm sich in ihrer Mittagspause lang Zeit für ein Gespräch und bedankte sich bei Dreier für sein Engagement. Aus der Kirche war sie vor zehn Jahren ausgetreten. Sie war froh, dass es Leute wie ihn gab, schämte sich für die Erfolge der »Ausländer raus«-Politiker dieses Landes und erzählte, dass Mario von Ivicas Anklage schockiert gewesen wäre, die zwei hatten miteinander Handball gespielt und waren als Jugendliche oft im Klub von Pater Ralf, heute arbeitete ihr Sohn bei einer Spedition und lebte in seiner eigenen Wohnung.

Ihr Sohn Mario wusste, worum es ging, und redete gerne mit Fred. Sie saßen im Wohnzimmer. Kaffee stand auf dem Tisch. Dreier betrachtete Fotos von Mario und einem jungen Mann, sie hielten einander umarmt und wirkten glücklich. Mario sagte, dass er es noch nicht geschafft hätte, seiner Mutter *das* beizubringen, und bat um Diskretion. Kein Problem. Denn Fred spürte, dass Mario froh darüber war, endlich einmal mit jemandem reden zu können; er spielte in der Landesliga, Ivica, ja, das wäre ein anderes Kaliber gewesen – und dann brach es aus ihm heraus: »Ich versteh das alles nicht. Hab mir das im Fernsehen angesehen. Was Ivo da behauptet, ich kann das nicht glauben, kann aber auch nicht glauben, dass er lügt. Und ich kann nicht glauben, dass Ralf lügen würde. Warum hat der zu dem Ganzen noch nichts gesagt?«

Karl Wagners Vater war promovierter Historiker, sein Sohn hieß so wie er. Fred hörte den Senior empört über diese Störung schimpfend durch das Vorhaus eilen, bis er rotwangig die Tür zu seinem Eigenheim aufriss und staunend innehielt: »Ach, Herr Kollege, was für eine Überraschung.«

Karl Wagner und Dreier kannten einander als Diskussionsgegner. Er unterrichtete als bekennender Johanniter Deutsch und Geschichte am privaten Gymnasium der Diözese. Das letzte LehrerInnen-Fortbildungsseminar, bei dem Fred als bekennender Roter mit ihm zusammengekracht war, lag eine Weile zurück, Dr. Wagner heuchelte keine Wiedersehensfreude und fragte, was ihm diese Ehre verschaffe. Fred dachte: Scheiße, und sagte, dass er gerne mit dem Sohn des Hauses sprechen würde.

Das ging jetzt nicht, man hatte gerade das Tischgebet gesprochen und saß beim Abendessen. Dreier entschuldigte sich für die Störung und kündigte an, falls möglich, sich in einer Stunde noch einmal zu melden. Der Vater wollte wissen, was er von seinem Sohn wolle. Fred sagte, dass er das gerne mit dem Achtzehnjährigen persönlich besprochen hätte, es ging um einen Freund von ihm, den er gewissermaßen vertrete.

Da trat Wagner einen Schritt aus dem Vorhaus, Fred zwei zurück auf den gekiesten Weg und, ohne sich um Freundlichkeit zu bemühen, sagte Dr. Wagner, dass es ihn nicht im Geringsten beeindruckt habe, wie der Herr Möchtegernschriftsteller und Filmregisseur auf den Seminaren diverse frustrierte Kolleginnen ehebrecherisch beglückt hätte. »Ich halte Sie für einen Wichtigtuer! Ihre Handballer-Geschichte kenne ich nur vom Wegschauen. Pater Ralf kenne ich als vorbildlichen Priester, der sich mit Begeisterung in der Jugendseelsorge engagiert. Und meinen Sohn lassen Sie in Ruhe. Jemanden wie Sie werde ich mit Sicherheit von ihm fernhalten, das können Sie mir glauben.«

Fred schüttelte den Kopf und sah zu Boden. Beim Blick auf die rot karierten, knöchelhohen Filzpantoffel des Hausherrn musste er lachen – an den Füßen Karl Wagners hatten sie etwas von Vollendung. Er hob den Blick. Wagner fuhr wortlos herum und verschwand mit einem Knall im Haus. Dreier stand da und betrachtete die geschlossene Tür. Eiche.

6

Das Leben von Ivica Kuncz endete an einem Mittwoch im November.

An diesem Tag war es warm. Zeitungen und Fernsehen schwärmten von einem Sommer im Herbst, und Fred Dreier beschloss, seine Frau in ihrer Mittagspause abzuholen und mit ihr gemeinsam essen zu gehen. Für diese Spontanität hatte sie ihn früher geliebt. Er kam nicht dazu, sie danach zu fragen, wann er sie zum letzten Mal mit so etwas überrascht hatte, sondern sah sie auf dem Parkplatz der Firma in ein Cabrio mit eingerolltem Dach einsteigen. Ein höchstens fünfundzwanzigjähriger Mann saß am Steuer. Fred machte sich nicht bemerkbar und folgte dem Paar hinaus aus der Stadt, bis das Auto in der Nähe eines Sees hinter Büschen verschwand. Er parkte in sicherer Entfernung, schlich näher und sah von seinem etwas erhöhten Beobachtungsposten aus, wie Helenes Kopf sich rhythmisch über diesem jungen Unterleib bewegte. Dann schob der Mann seinen Sitz im Auto so weit wie möglich zurück. Helene nahm mit gespreizten Beinen seinen Platz ein. Dann lag er auf ihr und bewegte sich. Die Sohle ihres rechten Fußes berührte die Innenseite der Windschutzscheibe, der linke Fuß ragte neben dem Rückspiegel seltsam weit und fremd in den Himmel und wippte im Takt.

Der Anblick von Helenes nackten Füßen faszinierte Fred.

Er blieb, als das Paar zurückfuhr, und spazierte durch den Wald; in ihm war keine Eifersucht, sondern etwas wie Erleichterung. Er genoss das Gefühl der Überlegenheit, denn er wusste mehr als sie und dachte keine Sekunde daran, ihr eine Szene zu machen. Dass seine fünfundvierzigjährige Ehefrau einen Liebhaber hatte, der fast ihr Sohn sein konnte, beeindruckte ihn. Helene hatte schon lange kein Wort mehr über Drago verloren und über das Engagement ihres Mannes, der nun wusste, warum seine Frau in letzter Zeit so viele Überstunden zu leisten hatte.

Etwa sieben Stunden nach der Beobachtung dieser Szene, am Abend dieses Tages, saß er im Wohnzimmer und sah sich um halb acht die Nachrichten an, während er sein Abendessen verzehrte. Alleine. Helene hatte sich bei ihm telefonisch entschuldigt, Büroüberstunden. »Kein Problem«, hatte er lächelnd geantwortet, ein wenig verärgert über ihre Einfallslosigkeit.

Als er gerade in eine heiße Burenwurst schneidet, sieht er im Fernsehen Ivicas Gesicht rechts neben der Nachrichtensprecherin, die meldet, dass der junge Handballspieler Ivica Kuncz, der mit seinen nie bewiesenen Anklagen wegen sexueller Übergriffe eines Priesters bis vor Kurzem Aufsehen erregte, heute Vormittag auf der Westbahn vor der Landeshauptstadt Selbstmord begangen habe. Die Strecke sei wegen dieses Vorfalls eine halbe Stunde lang gesperrt gewesen. Es existiere kein Abschiedsbrief. Ein Zusammenhang mit den Missbrauchsvorwürfen werde nicht ausgeschlossen.

Fred sitzt mit offenem Mund da.

Er legt Burenwurst und Messer weg. Starrt den Fernseher an. Er kennt die im Beitrag gezeigte Stelle der Verzweiflungstat auf der Höhe des Pichlingersees, kurz vor der Haltestelle der Regionalbahn, dort, wo etwa zweihundert Meter lang keine Lärmschutzwand steht.

Fred Dreier denkt nichts.

Hört, wie die Haustür aufgesperrt wird. Helene kommt heim, eilt ins Wohnzimmer, begrüßt ihn mit Wangenküsschen und sagt, dass alles zum Glück doch nicht so lange wie befürchtet gedauert hätte. Fred blickt sie an und erkennt das erste Mal den Spott im Gesicht seiner Frau, die nicht wirkt, als würde sie etwas verbergen wollen.

Fred blickt zu Boden und sagt: »Ivica ist tot.«

»Na, da hast du ja jetzt ein Problem weniger«, antwortet sie, kickt ihre Stöckelschuhe in eine Ecke, wirft ihre Jacke auf das Sofa und lässt ihren Rock zu Boden sinken.

Fred starrt sie an.

Springt auf und schlägt zu. Mitten in ihr Gesicht.

Helene liegt vor ihm auf dem Wohnzimmerboden und blickt mit weit aufgerissenen Augen zu ihm auf.

Er beugt sich zu ihr hinunter und hebt über ihrem Gesicht seine Faust, die er sinken lässt, als er schreit: »Das ist meine Schuld!«

Danach geht er aus dem Zimmer.

Helene sieht ihm nach. Wischt sich Blut von den Lippen und Tränen aus den Augen und flüstert: »Scheidung.«

Dreier hört sie nicht, packt seine im Vorzimmer liegende Jacke und geht aus dem Haus. Geht immer weiter, ohne nachzudenken wohin, es zieht ihn hinaus durch die Nacht, hinaus aus der Stadt und zu diesem See. Bis er vor dem Eingang zur Haltestelle der Bahn steht. Er steigt die Stiegen hinauf bis vor ans Ende der Station. Er tritt hinaus und läuft zwischen den Geleisen vor zu einer Stelle, wo die Steine des Bahndammes weiß eingefärbt sind.

Er kniet nieder.

Man hat den Boden im Umkreis von zwei Metern mit kalkweißer Flüssigkeit bedeckt und die Schienen gewaschen. Fred beugt sich so tief wie möglich hinunter, bis er mit seinen Augen wenige Zentimeter über dem Grund ist.

Winzige helle Teilchen kleben auf dem Schienenstahl.

Er spürt das Beben der Erde und hört einen rasch näher kommenden Schnellzug.

Fred steht auf, quert die Geleise und geht zu seiner Bank am See, auf der er früher täglich lesend und schreibend gesessen ist. Dort setzt er sich in die Dunkelheit. In ihm ist kein einziger Gedanke. Aber irgendwann begreift Fred, was passiert ist: Ivica hat nur seinem Vater und ihm erzählt, dass er seinen Peiniger am Pichlingersee wiedergetroffen hat, nachdem er schon gehofft hatte, Pater Ralf für immer entkommen zu sein. Diesen Ort hatte Dragos Sohn nie öffentlich erwähnt, er war in keinem der Interviews vorgekommen. Dreier saß da und dachte kurz vor Mitternacht: Ivica hat mir ein Zeichen gegeben.

7

Am nächsten Vormittag stand er vor einer verschlossenen Tür. Er hörte sich nähernde Schritte.

Ralf Wader erkannte ihn auf den ersten Blick. »Was willst du hier?«

Bevor Fred antworten konnte, drehte Wader sich um und ging ins Haus zurück.

Reden will ich, und dass wir per Du sind, habe ich vergessen, dachte Fred, der ihm durch den weitläufigen Vorraum des Pfarrhauses über die frisch verlegten Marmorplatten in eine neu eingerichtete Küche folgte.

Dort stand eine Frau am Herd und rührte in einem Topf, in dem etwas brodelte. Wader trat neben sie und griff nach der Gabel, die sie ihm hinhielt, ohne ihn anzusehen. Er wendete das bratende Fleisch, sie lächelte. Dreier stand in der Tür, sah, wie glücklich diese Frau darüber war, gemeinsam mit diesem Mann zu kochen – und er wusste in der ersten Sekunde seines Besuchs, dass er den schwersten Fehler seines Lebens gemacht hatte.

Da blickte die Frau zur Seite, um zu sehen, wer der Besucher war. Und erstarrte. Vergaß den brodelnden Topf, drehte sich zu Dreier hin, stand ihm breitbeinig gegenüber, hob den hölzernen Kochlöffel und schleuderte ihn in seine Richtung auf den Boden. Wader umarmte die Frau von hinten, lachte, drückte einen Kuss in ihr prächtig schwarzes volles Haar und flüsterte etwas in ihr Ohr. Da lachte auch die Frau und küsste ihn auf die Wange.

Als sie sich aus seiner Umarmung löste, um sich lächelnd nach dem in der Ecke liegenden Löffel zu bücken, war ihr Fred zuvorgekommen und hielt ihn ihr hin, als überreichte er ihr eine Rose oder eine Friedenspfeife, die sie nahm, ohne ihn anzusehen. Mit ihm zu reden war das Letzte, was diese Frau sich vorstellen konnte.

Fred stand da, sah, wie schön diese Frau war, und hatte keine Ahnung, was er sagen konnte, ohne sich lächerlich zu machen.

»Setz dich, es gibt Wiener Schnitzel«, sagte Ralf Wader.

Die Selbstverständlichkeit der Einladung hatte etwas Irreales und duldete keinen Widerspruch. Dreier saß neben Wader am Tisch, sah zu, wie ihm die Frau Essen auf den Teller legte, seine Salatschüssel füllte und dabei nicht ihn, sondern Ralf ansah, mit einem Lächeln, das Fred entzückte und innerlich schreien ließ. Als sie sich gesetzt hatte, sprach Ralf ein Tischgebet, bevor er zu Messer und Gabel griff.

Fred griff nicht nach seinem Besteck, sondern schlug mit seinen Fäusten auf den Tisch und rief erhobenen Hauptes in diese Küche: »Ein Wort! Warum hast du nicht ein Wort gesagt?!«

Da wich aus Wader alles Helle und Schöne, das bei jedem Blick in das Gesicht der ihm gegenübersitzenden Frau in seinen Augen zu entdecken war. Er sprang auf, klatschte Fred seine flache rechte Hand gegen die Stirn und schrie: »Warum erst jetzt?!«

Die Frau sprang auf, eilte um den Tisch und umschlang Ralf mit beiden Armen: »Bitte nicht, tu ihm nichts, der ist das doch gar nicht wert.«

Fred starrte sie an – der slawische Akzent ihrer Sprache klang wunderbar.

Wader brüllte aus ihrer Umarmung heraus: »Der hat mein Leben ruiniert!«

Dreier saß da. Beugte sich vor – und bedeckte mit beiden Händen sein Gesicht, so als müsste er seinen plötzlich viel zu schweren Kopf stützen.

Diese Geste beruhigte Wader. Er setzte sich, und Fred hörte ihn schwer atmend sagen: »Warum kommst du erst jetzt zu mir? Du kennst mich, du kennst mein Projekt, du kennst alles hier und bringst so eine Geschichte ins Fernsehen – ohne ein einziges Wort mit mir geredet zu haben, ich dachte, wir sind Freunde?!«

Fred Dreier starrte Ralf Wader an und sagte: »Ich habe Drago getroffen, der hat mir das alles erzählt, und ich habe Ivo getroffen, der mir dasselbe erzählt hat, und ich habe diesem Vater und seinem Sohn geglaubt. Verstehst du mich? Ich habe in Ivicas Gesicht gesehen, habe seine Verzweiflung gesehen, und ich habe ihm geglaubt, ich habe ihm alles *geglaubt*!«

Wader lehnte sich zurück – und lachte so, wie Fred noch nie jemand lachen gehört hatte. Dann sah er Dreier ins Gesicht und schüttelte den Kopf. Fred sah auf den Stapel der Schnitzel und die volle Salatschüssel, als er sagte: »Ein Wort, warum hast du nicht ein einziges Mal Stellung genommen und die Wahrheit gesagt?«

»Die Wahrheit? Bist du so blöd wie diese Frage? Ich bin Priester«, er lächelte die ihm gegenübersitzende Frau an und sagte mit Blick zu ihr: »Und das ist Danuta. Sie ist verheiratet mit Bürgermeister Franz Miesenböck und sie ist nicht nur heute hier bei mir, das ist die Wahrheit. Und ich lebe für meinen Priesterberuf, das ist auch die Wahrheit. Und ich hatte von höchster kirchlicher Stelle die Weisung, auf diese Vorwürfe nicht einzugehen, weil, so die offizielle Meinung, der ich im Übrigen einiges abgewinnen kann, jede Reaktion meinerseits eine Anerkennung der Anklage bedeuten würde.«

Dreier saß da und verstand alles. Irgendwann sagte er: »Ivo hat sich umgebracht.«

»Wir haben die Nachrichten gesehen. Entsetzlich«, sagte Ralf.

»Ivo ist kein Selbstmörder«, sagte Danuta.

Beide Männer sahen sie an.

Sie zuckte die Schultern. Wirkte mehr verärgert als verzweifelt und sagte: »Er war für Handball charakterlich eigentlich völlig ungeeignet.«

Ralf fühlte sich genötigt zu erklären, dass Danuta Ivica vom Jugendprojekt her gut kannte. Nachdem sie als freiwillige Helferin neben ihrem Job für eine osteuropäische Import-Export-Firma mitgemacht hatte, kannte sie Ivo genauso lange wie Ralf und war dafür verantwortlich, dass Ivica zum Handball ging. »Der war damals vierzehn Jahre alt, hat hier mit einem Fußball Handball gespielt, immer geworfen, den Ball gegen die Wand geknallt, da habe ich gesehen, was der draufhat. Mein Bruder Stanislaw hat bei Sponja Danzig gespielt, ich weiß, wie Handball geht und worauf es dabei ankommt, wir waren jedes Wochenende bei den Spielen. Ich habe als Studentin selber gespielt, bin dann ein paarmal hier in der Halle gewesen, habe Ivo zugesehen und weiß, dass Ivo kein Teamspieler ist. Er hat den Charakter eines Egoisten, der hat ein viel zu großes Ego, immer nur er, er will alles, immer.«

Fred blickte in die Gesichter ihm gegenüber. Vielleicht merkten ihm Danuta und Ralf seine Verzweiflung an. Irgendwann sagte Fred, dass er noch nie etwas so bereut hätte wie dieses Gespräch mit Drago, nachdem er an diesem Spätsommertag bei Orange an der Ampel auf dem Europaplatz stehen geblieben war. Er sah die zwei vor ihm sitzenden Menschen an und plötzlich war da Nähe zwischen ihnen. Er spürte, dass die beiden ihm glaubten – und ohne dass er lange nachgedacht hätte, entschlüpfte ihm zum zweiten Mal in seinem Leben der Satz: »Ich werde mich um die Sache kümmern.« Doch es gelang ihm in derselben Sekunde hinzuzufügen: »Keine Ahnung, wie ich das anstellen soll.«

8

Ivicas Tod lag nun drei Tage zurück.

Fred wusste immer noch nicht, wie er sich um die Sache kümmern konnte. Joe Pollak nahm seine Anrufe nicht entgegen und antwortete nicht auf seine Mails.

Er klopfte vergeblich an die Zimmertür seiner Tochter. Nachdem auf sein Klopfen nicht geantwortet wurde, betrat er das Zimmer seines Sohnes und fand Samira auf dem Bett ihres Bruders liegend, während Nick am Schreibtisch saß. Sein Sohn wandte sich ab, seine Schwester sprang auf und stürmte hinaus. Fred fragte, ob er sich setzen dürfe. Nick sagte nichts und schaltete den Fernseher ein. Fred nahm Platz und sagte: »Ich habe einen Fehler gemacht, der nicht zu entschuldigen ist.«

Der Sohn schwieg. Er sah nicht den zwei Fernsehköchen zu, sondern durch das Fenster auf den Badesee. Dreier sagte: »Ich werde es mir nie verzeihen, meine Frau, eure Mutter geschlagen zu haben. Das ist eine der größten Niederlagen meines Lebens. Männer, die ihre Frauen schlagen, sind Arschlöcher und Schwächlinge.«

Nick schaltete den Fernseher aus.

»Ich war letzte Nacht in einem Hotel und werde dort bleiben«, sagte Fred.

Nick drehte sich um und sah ihn an. »Werdet ihr euch scheiden lassen?«

»Ja.«

Nick wirkte bedrückt.

»Zwischen uns ändert sich nichts, hoffe ich.« Fred fiel nicht mehr ein, als der Standardsatz jedes sich trennenden Elternteils. Er wusste selbst, dass der Satz gelogen war.

Nick sah zu Boden, als er »Nein« sagte.

Sie hörten Samira aus ihrem Zimmer gehen und das Haus verlassen.

Fred klopfte an die Tür zum Schlafzimmer seiner Frau und trat ein, nachdem sie »Herein« gerufen hatte. Sie saß am Schminktisch, drehte sich um und stand auf. Er bat sie, Platz zu nehmen. Helene blieb stehen und verschränkte ihre Hände vor der Brust. Sie blickte ihn wortlos an. In ihrem Gesicht war kein Lächeln, aber auch keine Bitterkeit. Fred hatte keine Ahnung, was sie fühlte, und das half ihm: »Ich bin nicht hier, um mich für etwas zu entschuldigen, das nicht zu entschuldigen ist.«

Ach?, sagte ihr Blick.

Er sagte: »Ich ziehe aus. Das Haus gehört dir und den Kindern.«

Sie wirkte überrascht, wollte etwas entgegnen, aber Fred hob abwehrend die Hand, drehte sich um und sagte im Gehen: »Viel Spaß, lass dich bitte von mir nicht stören.«

Da lachte Helene laut. Dreier blieb stehen und sah zurück.

»Glaubst du, ich weiß nichts von dir und dieser Frau Dr. Luitpold?«

»Leopold«, sagte Fred.

»Du darfst, aber das Frauchen darf nicht. Dass du als Freigeist auch so tickst, ist lächerlich.«

Dreier stand da, schüttelte den Kopf. »Unser Problem ist nicht dein Liebhaber. Ich gönne dir dieses Vergnügen von Herzen. Genieße es, ich fürchte dein Juniorchef wird bald die nächste Sekretärin zum Diktat in den Wald bitten.«

Sie lachte. »Schnüffler statt Schriftsteller.«

Fred setzte sich aufs Bett. Er saß da und fühlte Trauer, die nicht schmerzte. Dreier studierte die Einrichtung dieses Raumes. Ihm gefiel nicht, was er sah. Er betrachtete Helenes nackte Füße, lächelte, sah in ihr Gesicht und war froh darüber, dass sie ihm nichts verzieh, denn das hätte sein Versagen zum Teil ihres gemeinsamen Lebens gemacht und sie inniger als alles andere verbunden. Er entdeckte auf ihrem Tischchen ein Flacon »Angel« von Thierry Mugler und zeigte hin. »Ich wusste nicht, dass …«

»Ich nehme an, das habe ich mit deiner Frau Doktor gemeinsam.«

Fred lachte, aber da war wieder diese Süffisanz in ihrer Stimme, mit der sie auf seine Nachricht von Ivicas Tod geantwortet hatte, und in ihm war die Erinnerung an diesen Zorn. Er studierte das Muster des Teppichs und suchte nach dem richtigen Wort: Übergriff, Ohrfeige, Brutalität klangen abstrakt, harmlos oder übertrieben. Er sah sie an, stand auf und sagte: »Wir werden unsere Angelegenheit möglichst bald regeln.«

Dann ging er in sein Büro – und setzte sich zum letzten Mal an seinen Schreibtisch. Öffnete eine Lade nach der anderen und räumte den Inhalt in einen großen schwarzen Müllsack. Er hielt inne, als ein Blatt auf den Boden fiel. Fred starrte auf seine Handschrift: Auf diesem Papier standen die Namen der Frauen seines Lebens. Die Kolonne der Frauennamen erschien ihm höchstens halblang. Er versuchte, die Abfolge der Frauen, die das Bett oder andere Liegemöglichkeiten mit ihm geteilt hatten, zu rekonstruieren, und schrieb Nummern hinter die Namen; er hatte sogar eine Liste mit Ortsnamen angefertigt. Solche Namenslisten hatten sein Jugendfreund und er einander in der Oberstufe in den Religionsstunden zugeschoben. Fred zerriss die Frauenliste und ließ die Papierschnitzel in den Papierkorb rieseln. Danach sichtete er seine seit Jahren in Mappen nach Themen geordneten Notizen und Zeitungsartikel zu nie geschriebenen Essays, Erzählungen, Romanen, Filmkonzepten – dann warf der Schriftsteller, Herausgeber und Filmemacher Fred Dreier eine Stunde lang viele Seiten ins Altpapier und spürte ein Gefühl der Befreiung, das ihn überrumpelte.

Fred hatte sich vorgenommen, in der Küche mit einem Kaffee und genüsslich verzehrten, getoasteten Butter-Marmeladebroten Abschied zu nehmen, doch stattdessen ging er zum Auto und verstaute die Plastiksäcke mit seinen Sachen im Wagen, zuletzt seine zweihundertfünfzig CDs im Kofferraum; er holte aus der Küche Batterien, steckte sie in seinen Walkman und griff nach »*In a Silent Way*«. Fred trat am letzten Nachmittag seines alten Lebens aus dem Haus seiner Frau, legte die silberne Scheibe ein und hatte das Gefühl, *Peacefully* über die Granitplatten des Weges rund um dieses Haus zu schweben. Er ging dabei an den Rand des Grundstücks, stand etwas erhöht da und betrachtete den Wintergarten. Die breite Terrasse, auf der er mit Helene, seinen Kindern und ihren Tanten und Onkeln an den Sonntagnachmittagen so viele Stunden bei Kaffee und Kuchen gesessen war, lag leer vor ihm. Beim Blick hinauf zu seinem Giebelbüro mit der Aussicht auf den See empfand er ein Alleinsein, das ihn glücklich machte.

Zuletzt stand er in der Auffahrt vor dem stattlichen Bau. Und hatte es plötzlich eilig. Er schlug die Autotüren zu und genoss jede Sekunde. Bücher, Notizen, Kleidung und Toiletten-Artikel – eine Wagenladung, die ihn jung machte; das war wie früher bei seinen

Umzügen von einer Wohngemeinschaft in die andere, als sein gesamter Besitz in ein Auto passte – das war Freiheit! Und die war zu ihm zurückgekehrt. Er stieg ein, fuhr mit kurz aufheulendem Motor davon und dachte an Hunde, die vorbeiziehenden Karawanen nachbellten. Auf der Fahrt zum Hotel spürte Fred Tränen des Glücks in seine Augen steigen.

9

»Du bist lächerlich«, sagte Joe Pollak.

Er hatte irgendwann dann doch abgehoben, und Fred erzählte von seinem Treffen mit Wader und Danuta.

Joe klang verärgert: »Soll das ein Vorwurf sein? Du hast mich angerufen, ich habe alles gemacht! Habe natürlich bei diesem Pfarrer öfter als einmal angerufen, da gibt's Protokolle, da gibt's Anruflisten. Du bist in deiner Schule gestanden und ich hab gearbeitet. Natürlich war ich auch in dem Dorf, in das die ihn versetzt haben; und ich war öfter als einmal dort, hab in diesem Scheißkaff zwei Nächte in einer Pension verbracht. Deine Idee, eine Richtigstellung nachzulegen, ist Schwachsinn! Stellst du dich hin und sagst, sehr geehrtes Publikum, wie sich herausstellte, steht Pfarrer Ralf Wader nicht auf Jungs, dafür hat er eine verheiratete Freundin, was ich und Beitragsgestalter Joe Pollak, der das auch gerade erst herausgefunden hat, ziemlich cool finden? So etwas kann nur einem Herrn Professor mit schulfester Stelle einfallen. Und tut mir leid, zum Kaffeetrinken habe ich jetzt keine Zeit, ich muss zum Flughafen, in zwei Stunden geht mein Flieger, alles Gute«, er lachte, »fast hätte ich gesagt, bis bald, melde dich.«

Dann war Fred Dreier allein.

Ivica war zum Zeitpunkt seines Selbstmordes längst aus den Medien verschwunden gewesen; in mehreren Kommentaren war zu lesen, dass dieser Ankläger mit seiner Tat die haltlose Lügenhaftigkeit seiner Anschuldigungen zugegeben und seine Konsequenz gezogen hätte. Niemand kam auf die Idee, dass da jemand an der Gleichgültigkeit der Welt seinem Schmerz gegenüber zerbrochen war.

10

Drei Tage nach Fred Dreiers Besuch im Pfarrhof von Ralf Wader brannte dessen Haus.

Alles Glas zerbrach. Fensterscheiben, Schüsseln, Trinkgläser verschwanden in den Flammen, die den mit größter Sorgfalt und Gottesfurcht restaurierten Pfarrhof verschlangen und nur mehr die Mauern stehen ließen. Zurück blieben eine Ruine mit verbranntem Dachstuhl und viele Tausend winzige Scherbenreste.

Der Ort hatte nach vollbrachtem Tagwerk tief und fest geschlafen. Die Feuerwehr war viel zu spät gekommen.

Pfarrer Ralf Wader war am nächsten Tag spurlos verschwunden.

Das sorgte für Erleichterung, seine Leiche zu finden hätte viele traurig gemacht. Ralf war beliebt und sein Verschwinden bereitete einigen Menschen Sorgen, dass er in der Folge von – nie bewiesenen – Missbrauchsvorwürfen hierher versetzt worden war, interessierte niemand.

IV – MADAME BOVARY 2000

1

Kriminalinspektor Fabian Pitter lief durch die Nacht.

Als Ralf Waders Pfarrhof brannte, raste ein Intercity-Express wenige Meter neben Pitter auf dem Bahndamm aus der Finsternis auf ihn zu. Der Schaffner schlenderte im vorbeiziehenden Express durch den Mittelgang und Pitter beschloss, dieses Jahr die Weihnachtsnacht nach Paris zu reisen, um dort am fünfundzwanzigsten Dezember in Gar de l'Est auszusteigen, eine Reise, die er sich schon oft vorgenommen und noch nie realisiert hatte. Er bog von der Straße ab und lief auf dem asphaltierten Weg rund um den Pichlingersee.

Plötzlich war ein Schwan neben ihm.

Das Tier lief lautlos durch die Nacht und kam direkt auf ihn zu. Der Läufer blieb stehen. Und auch der Schwan verharrte auf der schwarzen Fläche regungslos. Als das weiße Tier sich abwandte und in der Finsternis verschwand, riss die Wolkendecke auf und Mondlicht erhellte die Nacht vor ihm.

Pitter lief weiter und erreichte eine halbe Stunde später den Parkplatz der Regionalbahn-Station, wo er sein Auto geparkt hatte – in Sichtweite des Todesorts von Ivica Kuncz. Er nahm sich Zeit für ein Zirkeltraining zur Entspannung der Muskulatur und fuhr dann zu seinem Reihenhaus am Stadtrand von Linz, wo er vor einem Jahr eingezogen war. Weil er sich nach dem Sitzen im Auto noch bewegen wollte, lief er durch den neben anliegenden Park und die Siedlung. Die Häuser waren dunkel. Im Sommer standen bunte Kinderplanschbecken und Gartengriller auf den Rasenstreifen hinter blumengeschmückten Terrassen. Die Leute aus der Siedlung grüßte er im Vorbeigehen, Gespräche hatten sich noch nicht ergeben.

Nach dem Duschen ging er barfuß und im Bademantel über den warmen Fußboden in die Küche und machte sich Tee. Die Wände seiner Wohnung waren noch so weiß wie an dem Tag des Einzugs. An der Wand neben dem Eingang hing die gerahmte Fotografie von Magdalena. Es war das einzige Bild an den Wänden dieses Hauses, das nicht eingerichtet war. Denn die Frau, mit der er sein Zuhause einrichten wollte, war mit dem Leiter seiner Dienststelle verheiratet und hatte kaum Zeit.

Zwei Bücherregale, ein niedriger Tisch, drei Sessel befanden sich im Wohnzimmer, eine Wand war mit Holz verkleidetet, im Schlafzimmer stand nur ein Bett, die Küche war nahezu leer. Alle Dinge seines Lebens warteten in Kisten im Keller darauf, ausgepackt zu werden. Er hatte das Haus gekauft, um mit der Frau auf dem Bild – nach ihrer Scheidung – hier zu leben. Fabian setzte sich in seinen Lesestuhl neben der Glastür und drehte die Lampe auf; ihn interessierte in diesem Haus nur der Platz an dieser Fenstertür, wo er saß und hinüberschaute in die Siedlung der glücklichen Familien. Pitter war nicht müde und las Hemingway, was ihm eine Stunde lang sein Leben erleichterte. Er sah auf seine Uhr und das neben ihm auf dem Boden liegende Mobiltelefon. Auch wenn er das nie zugegeben hätte, wartete er auf einen Anruf der Frau, die das einzige Bild in seinem Hause zierte.

Als er nach einer tief durchgeschlafenen Nacht beim Kaffee saß, vibrierte zehn Minuten nach sechs das Telefon. Auf dem Display sah er den Namen seines Kollegen Marcel Genazino, der ihm den Brand in einem Dorf meldete. »Der Pfarrer Ralf Wader ist spurlos verschwunden. Und der Mann ist berühmt. Ein siebzehnjähriger Gymnasiast namens Kuncz hat ihn wegen sexueller Nötigung angeklagt, ist aber nichts herausgekommen, Wader sagte nichts, die Kirche wies alle Anschuldigungen zurück, die Staatsanwaltschaft ermittelte nicht, man versetzte den Beschuldigten in die Provinz und der Ankläger hat sich vor den Zug geworfen. Den mit der Anklage verbundenen Medienrummel hat ein gewisser Fred Dreier inszeniert, ein Schriftsteller und Deutschprofessor, der die Familie durch ein Literaturprojekt kannte. Der Brand war gestern, untersucht hat das die örtliche Polizei, wir sollen uns ein Bild von der Situation machen. Weil ich aber einen Gerichtstermin habe, sagt unser Chef, dass du da alleine hinfahren sollst.«

Kann es sein, dass sie ihm von uns erzählt hat?, dachte Pitter.

Dass Dienststellenleiter Hans Koller nicht ihn anrief, um ihm diesen Auftrag zu geben, könnte bedeuten, dass es Magdalena endlich geschafft hatte, ihrem Mann die Wahrheit zu sagen. Sie schob eine Entscheidung seit Jahren vor sich her. Fabian sagte nicht, dass Fred Dreier einer seiner besten Freunde gewesen war; sie hatten miteinander zwei Semester Germanistik studiert, sich aber dann aus den Augen verloren.

Ralf Wader kannte er vom Sehen. Sie hatten nie miteinander gesprochen, obwohl sich Gelegenheiten dazu geboten hätten; als er den Namen des Dorfes hörte, hatte er das Gefühl gehabt, durch Zufall erwischt worden zu sein. Er kannte den Pfarrhof, den Marktplatz, das einzige Café und die Wege entlang des Waldrandes. Wenige Orte dieses Landes kannte er so gut wie dieses Kaff, an dessen Rand das Hotel eines Freundes stand, in dem er sich seit Jahren mit Magdalena traf.

Genazino, der ihm den Weg beschrieb, hörte er wie von Weitem. Fabian hatte diesen Ort und diese Frau noch keinem Menschen gegenüber erwähnt, sie war im unsichtbaren Teil seines Lebens in Sicherheit. Sein Alleinsein war schön durch dieses Geheimnis, das ihre Ehe erträglich machte.

Nach einer Fahrt durch einen sonnigen Morgen betrat er zwanzig nach sieben eine Ruine. Die rußschwarzen Trümmer rauchten nicht mehr, der Dachstuhl war eingestürzt, zerbrochene Fenster und zerbrochene Dachziegel bedeckten den Boden. Er ging durch das Areal und war nicht allein. Es passierte hier nicht viel. Das als Absperrung um das Gelände gespannte rot-weiße Plastikband hielt niemand auf. Besucher befanden sich auf diesem Schauplatz. Autos standen am Marktplatz und entlang des Randes der Landstraße vor der Ortstafel. Einer filmte mit seinem Smartphone und erklärte dem Ermittler, dass es in der Nacht wegen der besseren Stimmung eindrucksvollere Bilder gegeben hätte, andere hielten ihre Mobiltelefone vor sich in die Höhe und drehten sich aufgeregt im Kreis.

Ein zweigeteiltes Waschbecken, daneben geschmolzener Kunststoff und schwarz verrußtes Metall eines Geschirrspülers und eines Kühlschranks sahen nach Küche aus. Eine dick schwarz verbrannte Platte lag in der Mitte dieses Raumes ohne Dach. Pitter trat näher, hob sie an – und da lag ein pechschwarzer Kanister. Er kannte dieses Modell aus seiner Jugend, das Pferd mit den zwei Flügeln, dieses Logo war so wie die Firma Mobil längst verschwunden; Motoröl war in diesen Behältern aufbewahrt worden, dem, der da vor ihm lag, fehlte der Drehverschluss.

Pitter zog sein Smartphone heraus und machte Bilder.

Den Pfarrhausbrand hatte bereits die örtliche Polizei untersucht. Der Kriminalpolizist betrat die neu errichtete Station am Ortsrand, stellte sich vor und zeigte seine Dienstmarke. Inspektor Dorninger fragte, ob er vor der Kripo salutieren müsse, hielt die Marke in seinen Händen und betrachtete sie von vorn und hinten genau. Pitter wusste nicht, ob der Mann einen Scherz gemacht hatte, und fragte, warum man ihm den Ermittlungsbericht zu diesem Brand nicht per Mail geschickt habe. Das wäre technisch nicht möglich gewesen, sagte Dorninger. »Ich kann nichts dafür, dass wir zwei Tage ohne Netz waren! Heute hätten wir Ihnen das alles gemailt. Aber es steht nichts Besonderes drinnen. Brandursache war etwas Elektrisches, der Pfarrer hat das ganze Haus erneuert, da hat ein Elektriker gepfuscht. Oder, das war auch eine Vermutung, der Herr Wader hat die Hütte selbst angezündet, dem ist hier alles auf die Nerven gegangen, er war ja, das werden Sie ja mitgekriegt haben, wegen diesem Jugo dauernd im Fernsehen; eine Schweinerei war das, wenn Sie mich fragen, und er durfte ja nichts zu dem Ganzen sagen, das haben wir alle gewusst, das war nicht einfach für ihn«, sagte er, griff in einen Wandschrank und nahm einen Akt, den er Pitter mit den Worten überreichte: »Lesen Sie bitte selbst, Herr Kollege.«

Pitter setzte sich, las und fragte nach drei Minuten, wer sich mit Anselm Fürst unterhalten hätte. Dorninger lachte und sagte: »Niemand. Der Fürst, das ist der Mesner, hat sich gemeldet, weil er eine Aussage machen, aber am Telefon nicht reden wollte. Wir haben das nicht ernst genommen, wir kennen den ja, das ist so ein Wichtigtuer, der dem Pfarrer dauernd nachgelaufen ist; ein warmer Bruder halt. Wir haben den vergessen, sind nicht dazugekommen, den gnädigen Herrn zu besuchen.«

Pitter notierte sich die Adresse von Anselm Fürst. Dann legte er sein Mobiltelefon auf die Theke zwischen ihm und Dorninger, den er bat näherzutreten, wobei er die Fotos aufmachte und sagte: »Ich war heute fünf Minuten am Brandort, finde diesen leeren Ölkanister, dem der Deckel fehlt, und frage mich, was da untersucht wurde.«

Dorninger bekam einen roten Kopf, beugte sich vor, nahm das Telefon und hielt es sich wenige Zentimeter vor die Augen. Dann sah er Pitter an und sagte:

»Das verstehe ich jetzt nicht. Das verstehe ich gar nicht, keine Ahnung, wie man das übersehen konnte.«

Pitter steckte sein Telefon ein und ging, ohne sich zu verabschieden.

2

Anselm Fürst knallte die Tür vor dem Kriminalinspektor zu, nachdem Fabian Pitter sich vorgestellt hatte.

Pitter läutete ein zweites Mal.

Eine alte Frau öffnete und entschuldigte sich für das Benehmen ihres Sohnes, sie wüsste nicht, was in ihn gefahren sei, so eine Unhöflichkeit wäre sonst eigentlich nicht seine Art, erklärte sie und führte den Besucher zum Büro, wo sie anklopfte und ging. Der Ermittler wartete. Als er die Hand hob, um noch einmal zu klopfen, wurde die Tür geöffnet. Ein etwa dreißigjähriger Mann stand ihm gegenüber und sagte: »Dass Sie hier stehen, ist eine Frechheit und sagt viel aus über die Zustände in diesem Land.«

Fabian Pitter entschuldigte sich.

»Ach, tut Ihnen leid, sehr schön. Ich habe auf dem Polizeiposten angerufen, um eine Aussage zu machen, hätte das auch telefonisch getan, aber man hatte keine Zeit, außerdem sei schon alles geklärt, hat mir irgendein Inspektor mitgeteilt, bei diesem Brand wäre alles klar, Kurzschluss mit Feuerentwicklung.«

Pitter fragte, ob er sich setzen dürfe, trat in den Raum und nahm auf einem Sessel an einem Art-déco-Tischchen Platz. Anselm Fürst sah zu Boden, schwieg, doch hielt das nicht lange durch. »Ralf wurde umgebracht! Und ich weiß, wer der Täter ist, aber das interessiert niemand, denn es ist schon alles geklärt, ohne dass man lange nachschauen musste.«

»Hören Sie, es kann sein, dass Herr Wader einen Unfall hatte, dass er einen Versicherungsbetrug inszenierte, dass er ein neues Leben beginnen wollte, so etwas passiert jeden Tag. Ich bin mit der Untersuchung des Brandes beauftragt, habe mich für die örtliche Polizei entschuldigt und fände es angebracht, dass Sie Ihre Aussage machen.«

Fürst atmete tief durch. »Er hatte Freitagabend Besuch. Das war vor drei Tagen.«

Pitter sah ihm ins Gesicht und hörte zu.

»Ich arbeite für ihn, eigentlich arbeite ich mit ihm. Für die Leute aus dem Dorf bin ich der Mesner, für Ralf war ich Assistent, Partner, Kollege, Administrator, ich mach da alles Mögliche, Bürokratie und Verwaltung interessieren ihn nicht. Das ist mein Job. Ich studiere, bin ein Werkstudent. Und ich verstehe das alles nicht.«

Er schüttelte den Kopf und sah Fabian Pitter in die Augen. »Da läutet dieser Fred Dreier höchstpersönlich an der Tür. Dass der sich das traut, hätte ich nicht erwartet. Aber das spricht wahrscheinlich sogar für ihn. Drei Tage später brennt das Haus lichterloh und Ralf ist spurlos verschwunden. Fred Dreier war der letzte Mensch, der … den müssen Sie fragen! Und das wollte ich heute in der Früh aussagen, weil ich das für eine wichtige Information halte.«

Pitter nickte und betrachtete die Poster von Deep Purple und Joe Cocker an der Wand des Zimmers. Anselm lächelte und sagte: »Ich halte es derzeit in der Stadt nicht aus und lebe vorübergehend bei meiner Mutter.«

Pitter lehnte sich zurück.

Anselm sagte: »Es ist fast zehn Uhr. Ich habe noch nichts von Ralf gehört. Kein Anruf, keine Mail, nichts. Wir telefonieren derzeit jeden Tag, weil wir gerade ein Förderansuchen erstellen.« Er sah Pitter ins Gesicht: »Da stimmt etwas nicht.« Anselm stand auf, trat ans Fenster, blickte hinaus auf die Landschaft und sagte: »Die Anklage dieses Handballers war ein Wahnsinn. Das hat Ralf fertiggemacht. Wir haben stundenlang darüber diskutiert, warum dieser Junge das alles gegen ihn vorgebracht hat. Was hatte der für ein Motiv? Die Zeitungen waren voll mit Leserbriefen, die Schreiber sahen Wader als Opfer. Und dann bringt sich der Ankläger um. Medienbischof Schalk und sein Team haben gewonnen. Das müsste man untersuchen. Aber das ist kein Job für die Kripo.« Fürst schüttelte verbissen schweigend seinen Kopf.

»Für Außenstehende könnte das wie eine Beziehungstat aussehen«, sagte Pitter.

Fürst wirbelte herum. »Das ist eine Beziehungstat.«

»Wie darf ich mir Ihre Beziehung zu Wader vorstellen?«

»Wir kennen uns seit der Volksschule. Seine Eltern kommen aus Hannover und gingen dorthin zurück. Wir haben uns aus den Augen verloren und vor ein paar Monaten hier in der Pfarre bei einer Männergruppe wieder getroffen, einer dieser Zufälle, die das Leben wunderbar machen. Seither sind wir die besten Freunde. Er ist der Bruder, den ich nie hatte.«

»Woher wissen Sie, dass Ivica Kuncz gelogen hat?«

»Weil ich Ralf kenne! Ach, was rede ich denn da ausgerechnet mit jemandem wie Ihnen.«

Das ärgerte Pitter. »Diese Arroganz ist das größte Problem mit euch Schwulen.«

»Ich bin doch nicht schwul«, schrie ihn Anselm an. »Sehe ich so aus? Ich war sehr oft bei Wader und kann mir vorstellen, was diese Kleinbürgerköpfe über mich sagen. Ich habe mit Germanistik-Anglistik begonnen und mehr als eine Frau gefickt. Ich habe Jesus Christus als Chance entdeckt und will Priester werden.« Er setzte sich. »Ich studiere Theologie, aber spüre, dass ich ein zölibatäres Leben nicht bringe«, sagte Anselm und stand auf. Sah in seinem Kinderzimmer um sich, als fragte er sich, wohin er da geraten war. »Nur mit Ralf konnte ich über meine Probleme reden. Der wusste aus eigener Erfahrung, wovon ich rede. Auch Ralf hat den Zölibat nicht durchgehalten.«

Der Ermittler sah Fürst ins Gesicht.

»Pfarrer Wader lebte nicht keusch. Es gab eine Frau in seinem Leben. Er stand vor dem Absprung aus dem Priesteramt. Ralf hatte andere Sorgen als die Anklage dieses Ivica.« Fürst setzte sich an den Schreibtisch und sagte: »Ich muss Ihnen darüber mehr sagen.«

Pitter nickte.

»Sie werden das leicht herausfinden, in so einem Dorf wird viel getratscht. Ralfs Freundin ist verheiratet. Ihr Mann ist der Bürgermeister, da stand ein Skandal bevor, die zwei hätten wegziehen müssen, die Planungen sind schon im Gang, der Herr Gemahl ist rasend eifersüchtig. Und schon lange vor Ralfs Auftauchen war das eine furchtbare Ehetragödie, mit blauen Augen der Frau, die ständig irgendwelche Treppen hinuntergefallen ist oder an allen möglichen Kästen mit dem Kopf angestoßen ist, das wussten auch alle hier, aber man legt sich nicht mit dem Bürgermeister an.«

Dass Pitter sich wunderte, war ihm anzusehen.

Fürst sagte: »Im Übrigen sollten Sie auch in diese Richtung ermitteln, erlaube ich mir anzumerken, Eifersucht ist ja wohl so etwas wie ein Motivklassiker.«

»Sie kennen den Namen dieser Frau.«

Fürst lachte. »Ich kenne mehr als ihren Namen. Sie war oft hier, wenn sie es zu Hause nicht mehr ausgehalten hat. Sie heißt Danuta Miesenböck. Aber sie ist selten über Nacht geblieben. Das ist eine komplizierte Geschichte. Immerhin ist er der Pfarrer und sie ist die Frau des Bürgermeisters.« Er lächelte, sah Pitter ins Gesicht. »Egal. Warum soll ich lügen. Sie war auch hier, als Fred Dreier Ralf besucht hat. Ralf hat mich um halb zehn angerufen und mir ziemlich aufgeregt von diesem Besuch erzählt. Er und Danuta haben gekocht und dann haben sie zu dritt gegessen. Angeblich war Dreier verzweifelt darüber, was er mit seiner Anklage angerichtet hat, aber ich traue so jemandem alles zu, wer weiß, was dem eingefallen ist. Vielleicht hat er auch nur etwas gesucht für eine neue Reportage.«

Pitter stand auf und sagte: »Danke. Es ist mir ein Bedürfnis, mich noch einmal zu entschuldigen. Ich wünsche Ihnen alles Gute.«

»Danke«, sagte Anselm Fürst.

Bevor er abfuhr, stand der Kriminalist vor dessen Haus am Hügel und betrachtete diesen Ort, dem anzusehen war, dass er seit dem Mittelalter existierte.

3

»Du hast dich sehr verändert«, sagte Fred Dreier.

Er betrachtete Fabian Pitter von oben bis unten: Groß, schlank, sonnengebräunt, Lederjacke, kragenloses Hemd, Jeans, an den Füßen flache Schuhe, dass dieser Mann sein Haar früher lang getragen hatte, sah man auch dem Kurzhaarschnitt an. Das kantige Gesicht Fabians bekam durch seine vollen Lippen einen melancholischen Zug.

Fabian stand in der Schule vor der Wandtafel mit den Bildern der Lehrkräfte des Realgymnasiums, in dem Fred seit dreiundzwanzig Jahren als Herr Professor unterrichtete. Sie umarmten einander, als Pitter sagte: »Du bist mein erster Hauptverdächtiger!«, war in seinem Gesicht hinter dem Lachen ein Ernst, der Fred erschreckte.

Dreier hatte eine Freistunde, sie setzten sich in den Sozialraum.

Fabian, mit dem er geraucht hatte – keine Zigaretten –, mit dem er gemeinsam mit Mona und Maria im Bett war, mit dem er in Paris bei Sonny Stitt, in Brüssel bei Queen und in L. A. bei den Stones war, mit dem er in ihren frühen Zwanzigern gemeinsam als Schriftsteller begonnen hatte, bis er in die Schule und Fabian nach zwei gemeinsamen Germanistik-Semestern zur Polizei ging, um jenes Verbrechen aufzuklären, das sein Leben verändert hatte. Fred hatte viel zu spät begriffen, dass Fabian sein einziger wahrer Freund war. Es hatte nie Streit oder einen Konflikt gegeben. Sie hatten einander nichts mehr zu sagen gehabt. Da war nur etwas wie Gleichgültigkeit gewesen. Sie hatten einander seit Jahren nicht mehr gesehen. Und jetzt saß er ihm gegenüber und fragte ihn nach einem Alibi.

Fred atmete tief durch und sah ihm ins Gesicht. »Entschuldige, du bist …«

»Ich bin bei der Kriminalpolizei, untersuche den Brand von Ralf Waders Pfarrhof und kann mir vorstellen, dass du mich erwartet hast.«

»Ich habe Polizei, aber nicht dich erwartet. Bist du nicht, keine Ahnung ob's das auch im wirklichen Leben gibt, bist du bezüglich meiner Person nicht befangen?«

Fabian lachte, nein, sie waren nicht verwandt, nur das zählte, je besser er Fred kannte, umso schneller war die Angelegenheit erledigt, man verlangte rasche Ergebnisse. Dreier erzählte Pitter von seinen Büchern, Filmen, Reportagen – und von seiner schicksalshaften Begegnung mit Drago auf der Europa-Kreuzung. Fabian kannte einiges von Freds künstlerischer Arbeit und er hatte Ivicas Anklage im Fernsehen gesehen. Er wusste Bescheid über kirchliche Reaktionen, Leserbriefe und den Selbstmord des Klägers. Fred saß da und betrachtete diesen Mann, dem er so viel wie wenigen Menschen verdankte. Zwischen ihnen waren so viele Tage, Nächte und Menschen. Sie waren Brüder gewesen. Er erinnerte sich und wäre am liebsten da gesessen, ohne etwas zu sagen. Fabian war ein halbes Jahr jünger als Fred, doch Dreier saß ihm gegenüber und fühlte sich wenigstens zehn, fünfzehn Jahre älter als Pitter – kein Ehering, natürlich, dachte Fred und hätte ihn gerne gefragt, ob es eine Frau in seinem Leben gab, doch er war weder in der Position noch war das die Situation für so eine Frage, außerdem wäre er nicht dazu gekommen, denn Fabian fragte ihn, wann er Ralf Wader das letzte Mal gesehen habe.

»Vor fünf Tagen. Das erste Mal seit Jahren – seit ich meine Reportage geschrieben habe. Dann hat es dort gebrannt, da gibt's einen Fernsehbericht. Furchtbar. Ich verstehe das alles nicht.«

Pitter wirkte schockiert. »Gibt's nicht! Ich hab mir alle Berichte angesehen und eine Menge gelesen, du kannst doch nicht …«

»Das war der schwerste Fehler meines Lebens. Aber die haben den abgeschirmt. Wusste doch keiner, wo der war. Joe hat alles probiert.«

»Abgeschirmt wurde der, nachdem deine Geschichte im Fernsehen war. Du hättest vorher mit diesem Pfarrer reden müssen. Warst du nicht einmal Journalist?«

Weil er Pitters Anblick nicht ertrug, sprang Dreier auf, ging durch den Raum, blieb am Fenster stehen, sah in den Hof der Schule und betrachtete den Garten, den die Biologielehrer mit ihren Klassen angelegt hatten. Fred wollte hinaus ins Freie. Irgendwann sagte er: »Der schwerste Fehler meines Lebens. Ich hab da versagt, völlig versagt, das ist Wahnsinn, weiß ich. Ich war bei Wader und habe ihm das gesagt. Und dann ist der ganze Pfarrhof abgebrannt. Wader ist weg. Verschwunden.« Fred drehte sich um. »Ich lebe derzeit allein im Hotel und habe kein Alibi.«

Fabian sah ihn an.

Fred berichtete von seinen Besuchen beim Trainer Ivicas, von Drago und dem Lokalpolitiker Franz Miesenböck. »Ich bin da bei Wader eingetreten und wusste auf den ersten Blick, was ich verbrochen hatte. Pfarrer Wader hat eine Freundin, Klassiker, auch eine

Geschichte. Eine starke Frau. Toll. Du verstehst, was ich meine. Aber ihr Ehemann ist eine Peinlichkeit. Der hat sich im Lokalfernsehen über mich empört, hat sich beim Landesschulrat über mich beschwert, hat verlangt, dass so gottlose Leute wie ich nicht auf unschuldige Kinder losgelassen werden.«

Fabian sagte, dass er von Waders Freundin schon gehört habe, der Gatte sei natürlich auch ein Hauptverdächtiger. Pitter fragte Fred, welche Beziehung er zu Drago Kuncz habe, hörte sich Dreiers Bericht an und sagte: »Dein Freund Drago hat dich angelogen.«

Fred konnte nicht glauben, was er hörte.

»Was er dir bei eurem Treffen vom Absturz seines Buben erzählt hat, ist Blödsinn.«

Dreier hatte keine Ahnung, wovon der Kriminalist sprach.

»Fred, ich habe drei Minuten gebraucht, um herauszufinden, dass Ivica Kuncz der Star dieser Truppe ist, und ich bin kein Fan, sondern das steht in der Zeitung. Er hat immer in der ersten Mannschaft gespielt. Das kannst du auf der Homepage des Vereins lesen. Keine Rede davon, dass der nicht aufgestellt worden ist. Er schießt am Samstag gegen den regierenden Meister bei einem sensationellen Heimsieg zehn Tore, vor den Augen des Trainers der Nationalmannschaft – und ein paar Tage später wirft sich dieser Sieger vor den Zug. Das passt nicht zusammen. Ich habe nach einer halben Stunde gewusst, was du in den paar Monaten nicht recherchiert hast. Was du aufgeführt hast, war Rufmord. Die Frage ist: Warum erzählt dir dieser Vater so eine Lüge? Sind die bei den Heimspielen nie Zuschauer gewesen? Hat Familie Kuncz nicht die Zeitungsartikel des berühmten Sohnes gesammelt? Das sind doch genau die Leute, die so etwas mit Begeisterung tun.« Er blickte Fred ins Gesicht. Und dieser hatte nichts zu entgegnen. Pitter erhob sich, stand vor Dreier und sagte: »Warum erzählt dieser Sohn im Fernsehen so eine Geschichte?«

Fred sah zu ihm auf. Fabian erwartete keine Antwort und wandte sich ab.

Fred beeilte sich aufzustehen und folgte ihm auf dem Weg hinaus. Sie gingen schweigend nebeneinanderher – so wie früher, wenn sie im Kino einen Film gesehen hatten, den sie verarbeiten mussten, bevor darüber geredet werden konnte. Sie tauschten am Schultor stehend ihre Visitenkarten aus. Zum Abschied klopften sie einander auf die Schultern.

Fred sagte: »See you.«

Fabian grinste ihn an, hielt im Weggehen seinen Daumen hoch, stieg in seinen Wagen und fuhr in sein Büro, wo er sich alle Wader-Kuncz-Fernsehberichte ansah und die für ihn gesammelten Zeitungsberichte las. Als er Stunden später aus dem Präsidium trat, blieb er stehen. Ein hellblauer Luftballon tanzte im späten

Sonnenlicht getrieben vom leichten Wind über den Asphalt des Platzes auf ihn zu. Er empfand bei diesem Anblick Freude, die schmerzte.

4

Das Gespräch mit Fabian versetzte Fred in Bewegung.

Drei Stunden danach war er zum zweiten Mal am Todesort Ivicas, parkte auf dem Parkplatz bei der Regionalbahn-Station, stieg die breite Treppe hinauf zum Bahnsteig und ging vor ans Ende der Station. Fred trat aus der Station heraus zu den Gleisen zu der Stelle, an der die Lärmschutzwand endete und die Steine des Bahndamms weiß gefärbt gewesen waren, etwa sechs Meter entfernt vom Ende des Bahnsteigs.

Am Tag war alles anders – und größer als alles in seinem Leben.

Fred blieb stehen und betrachtete den längst wieder gewaschenen Grund. Er stand im Licht dieses Wintertages genau dort, wo Ivica von einem Schnellzug überrollt worden war. Dreier blickte in die Richtung, aus der dieser Zug gekommen war – aber er schaffte es nicht, sich die letzten Augenblicke des jungen Mannes vorzustellen, und ging zurück in die Station. Da hörte er in seinem Rücken jemand auf den Steinen, drehte sich um und Fabian Pitter stand vor ihm auf dem Bahndamm neben den Schienen. Erst auf den zweiten Blick verstand Fred, dass Fabian von der am Bahnhof vorbeiführenden Straße, die entlang des Sees verlief, über das kurze steile Stück Wiese hinter der Schutzwand heraufgeklettert und dort – wo Ivo in den Tod gesprungen war – hinter der Wand hervorgetreten sein musste. In diesem Moment begriff Fred, was schon bei seinem ersten Besuch – verdeckt von seiner Verzweiflung – nicht zu diesem Selbstmord gepasst hatte.

Fabian wirkte nicht überrascht, als er ihn sah.

Er nickte ihm zu, als stellte er ihm eine Frage, und wandte seinen Blick nach links. Dreier folgte ihm mit seinen Augen auf die Lärmschutzwand, die den dahinter liegenden See verbarg. Hinter der Wand, etwa zweihundertfünfzig Meter Luftlinie entfernt, stand seine Schriftsteller-Bank, auf der er an jenem schwarzen Abend bis in die Nacht hinein gesessen war, überzeugt davon, dass Ivica ihm ein Zeichen gegeben hatte.

Pitter winkte ihn näher. Dreier ging wieder nach vorn und trat mit ihm hinter die Lärmschutzwand. Sie standen breitbeinig in der Senkrechten dieser kurzen, steilen Wiese auf der anderen Seite der Wand, knapp neben der etwa zwanzig Zentimeter dicken Kunststoffwand. Pitter zeigte mit ausgestrecktem Zeigefinger auf zwei Stellen, wo die Wand beschädigt war: Zertrümmerungen im Ausmaß einer Handfläche, knapp neben der Einfassung am Rand, vielleicht Steine, die jemand hierher geknallt hatte – oder Tritte. Er fotografierte mit seinem Telefon, was er sah.

Als müsste er etwas erklären, sagte Fred: »Ich bin heute zum zweiten Mal da.«

Pitter sagte nichts, stieg hinunter auf die Straße, blieb mit vor der Brust verschränkten Armen stehen, sah hinauf zur Rückseite der Lärmschutzwand, schüttelte den Kopf, sah zu Boden, trat näher an die Wiese heran, beugte sich nach vorn, als wollte er im Gras etwas suchen, und schüttelte wieder den Kopf.

Dann ging Fabian vor Fred her zurück in die Station, nahm die Stiegen hinauf zum Bahnsteig und blieb dort stehen. Erst jetzt sah er Fred an, der die ganze Zeit unbeachtet neben ihm gestanden war. Er legte Dreier eine Hand auf die Schulter, sah ihm in die Augen und sagte: »Kuncz ist nicht vom Bahnsteig in den Tod gesprungen. Er muss von der Straße entlang der West-Bahn über diese steile Wiese und die Steine des Bahndammes hochgeklettert sein, um hinter dieser Schutzwand hervorzuspringen. Dass ein Selbstmörder nicht auf den Bahnsteig geht und tut, was er tun muss, sondern dass er von der Straße herauf den Bahndamm erklettert, als wollte er aus sicherer Deckung heraus in den Tod springen – das kann ich mir nicht vorstellen.«

Fred stand neben dem Kriminalisten und schüttelte den Kopf. Er spürte kalten Wind und stellte den Kragen seiner Jacke auf. Es begann zu regnen. Sie standen einander einen Augenblick lang gegenüber und gingen dann schweigend über die Stiege hinunter, hinaus aus der Bahnstation. Bevor sie ins Freie traten, blieb Fred stehen, sah Fabian ins Gesicht und sagte: »Kannst du dir vorstellen, was es für mich bedeutet, wenn du sagst, dass es kein Selbstmord war?«

Pitter sah schweigend zu Boden, bevor er sagte: »Ich habe eine Vermutung auf der Basis von Indizien geäußert. Und das bedeutet vor allem, dass ich jetzt einen Fall habe.« Dann sah er Fred an, blickte auf seine Uhr und sagte, dass er ihn bei der Lösung dieses Falles begleiten dürfe. »Beginnen wir damit, dass du mir bei diesem Besuch folgst, das wird die Ermittlungen verbessern.«

5

»Bitte, treten Sie ein«, sagte Drago Kuncz und senkte seinen Kopf.

Fabian Pitter und Fred Dreier folgten ihm durch einen schmalen Flur vorbei an geschlossenen Türen zu dem Wohnzimmer der Wohnung. Dort drehte Kuncz sich um und zeigte mit seinem ausgestreckten Arm auf die Couch, wobei er mit mühsam beherrschter Stimme aus sich herauspresste: »Hier!«

Dann stapfte er in die Küche, sagte dort »Hier«, weiter in ein Jugendzimmer, auch dort ein gepresstes »Hier« und wieder zurück ins Wohnzimmer, wo er in der Mitte des Raumes stehen blieb und die Gäste mit einer Geste anwies, sich zu setzen.

Die Besucher gehorchten, saßen mit übereinandergeschlagenen Beinen da, die Hände auf dem Knie verschränkt, vor ihnen stand Drago Kuncz: ein stämmiges Energiebündel, mit breitem Gesicht, das von einem dicken Schnurrbart und buschig schwarzen Augenbrauen dominiert war. Einer, der viel mehr sagen wollte, als er konnte, und der wirkte, als würde er im nächsten Moment platzen. Stattdessen trat er einen Schritt auf Pitter zu und sagte: »Hier! Fernsehen gewesen, hier Ivica gesessen.«

Eine Frau trat in das Zimmer und setzte sich wortlos auf das Sofa.

»Hier Ivica gesessen, neben mir und neben ihr, hat er die Arme über unsere Schultern gelegt, hier, und in der Küche und in seinem Zimmer auch das Fernsehen«, sagte er, setzte sich neben seine Frau und legte seinen Arm über ihre Schulter, während sie ihren Kopf an seine Schulter lehnte und lautlos zu weinen begann.

Ihr Mann strich ihr schützend über das Haar und sagte: »Wir lange weg in Heimat gewesen. Haben Sie Verbrecher endlich verhaftet, was wollen wissen? Sie mich fragen, bitte.«

Fabian Pitter sagte, dass er und Fred Dreier gerade vom Todesort seines Sohnes kämen, beide sprachen dem Vater und der Mutter ihr Beileid aus. Dann sagte er, dass Ralf Waders Pfarrhof abgebrannt, aber der Priester verschwunden wäre und wo Herr Kuncz vor zwei Tagen am Abend gewesen sei. Drago Kuncz stand auf, blickte zur Decke des Zimmers und breitete beide Arme aus; so ging er quer durch den Raum in eine Ecke, trat vor ein an der Wand hängendes Marienbild, schlug ein Kreuzzeichen auf Brust und Stirn, dann drehte er sich um und sagte: »Er tot, Gott gerecht.«

Seine Frau sah ihn mit weit geöffneten Augen an und lächelte, während sie sich ihre Tränen mit einem Papiertaschentuch trocknete.

Pitter wiederholte seine Frage nach Dragos Alibi.

Drago setzte sich wieder, sah ihn an und sagte: »Gott mehr gerecht als Welt. Mehr gerecht als Kirche.«

»Herr Kuncz, es gab einen Brand in Ralf Waders Pfarrhof. Wo waren Sie an diesem Abend, nach dem ich Sie gefragt habe, verstehen Sie meine Frage?«

Kuncz sah Pitter ins Gesicht und sagte langsam, so als müsste er einem dummen Kind etwas Lebenswichtiges, aber Kompliziertes erklären: »Herr Inspektor, dieser Priester-Schwein. Schwuler. Mann, der Männer will, kein richtiger Mann, gehört weg, hat kein Recht, und Gott ist gerecht, und Gott hat getan, was muss mit so einem Schwein.«

Pitter spürte Ärger in sich.

»Herr Inspektor, entschuldigen mich bitte, ich dumm, natürlich Sie Polizei, ich Vater, mein Ivica tot, kein Kind mehr, er unser einziger, furchtbar, wir weg, vor zwei Tagen in Wien bei Bruder, wir nach Begräbnis zurück nach Kroatien, Ivo tot, wir weg.«

Pitter nickte schweigend und sah um sich. Ihm fielen in der Ecke neben dem Marienbild drei Aufnahmen in kunstvoll ziselierten Holzrahmen auf. Er stand auf und trat näher.

Drago folgte ihm und erklärte mit Stolz: »Das Helden.«

Er nahm eines der Bilder von der Wand und hielt es Pitter hin: Eine Schwarz-Weiß-Aufnahme von drei Soldaten, die ihre Gewehre kampfbereit mit schräg nach vorn gesenkten Läufen hielten und siegessicher lachten. Mit schwarzem Stift stand klein und handgeschrieben in einer Ecke des Bildes »Janka Puszta, 1941«.

»Großvater, sein Bruder, haben für unsere Heimat gekämpft, für Freiheit, gegen Verschwörung der Weltjudentum und Zigeunergesindel, wir stolz, wir Kroaten.« Er hängte die Fotografie zurück. Zu einem mit dickem schwarzen Stift signierten Bild eines großen U, in dessen Bauch – inmitten eines kroatischen Wappens – eine altertümliche Granate mit rot züngelnden Flammen lag, sagte Drago Kuncz nichts. Die Eltern und die Besucher saßen einander noch ein paar Minuten schweigend gegenüber, bis Pitter sich für das Gespräch bedankte.

Vor dem Haus verabschiedete er sich von Fred Dreier und notierte sich in seinem Auto sitzend den Namen und die Jahreszahl der Signatur: »Ante Pavelić, 1937«. In seinem Büro legte er die DVD mit dem mehrmals gesehenen Bericht Joe Pollaks ein und stellte fest, dass er sich nicht getäuscht hatte: Diese Bilder hingen am Tag der Fernsehaufnahmen nicht an der Wand; er schaltete den Fernseher aus und konnte sich nicht vorstellen, dass Drago Kuncz mit Fred Dreier jemals über seine politischen Ansichten geredet hatte.

Ein Kollege mit serbokroatischem Migrationshintergrund, den er um Auskunft bat, lachte und sagte:

»U steht für Ustascha, die Granate mit den Flammen ist das Symbol dieser Leute, signiert hat das der Gründer Pavelić höchstpersönlich, ein Volksheld, für gewisse Leute, aber die waren schlimmer als die Nazis; die haben Juden, Serben und Roma zu Tausenden umgebracht, bis zum Schluss treue Verbündete von Hitler, dabei hochkatholisch. Im Jugoslawienkrieg sind da furchtbare Sachen passiert, die wurden mit Geld und Waffen unterstützt von Kroaten aus der ganzen Welt, das ist alles noch nicht aufgearbeitet, ein Wunder, dass der EU-Beitritt so leicht funktioniert hat.«

6

Pitter nahm auf Dreiers Stundenplan Rücksicht.

Er rief ihn am Abend nach dem Besuch Dragos an und Fred hatte am nächsten Vormittag Zeit. Sie läuteten um zehn nach neun an der Tür zum Haus des Lokführers Alfred Überall, der mit dem Zug Ivo überrollt hatte.

Überall war froh über diesen Besuch, es hatte ihn

gewundert, dass nicht schon früher jemand von der Polizei gekommen war, um mit ihm zu reden; nicht zur psychologischen Betreuung, das hatte ihm schon sein Dienstgeber angeboten, das war Standard, aber das hatte er abgelehnt, so etwas brauchte er nicht. »Viele von uns fürchten sich vor diesen Menschen, die alles wegwerfen und andere da mit hineinziehen. Manche von uns haben das Glück, so etwas nie erleben zu müssen, nie einem Selbstmörder zu begegnen. Ich gehöre nicht zu diesen Glücklichen. Im Gegenteil. Der junge Mann war mein dritter. Ich habe da Erfahrung und einen Vergleich. Und bin froh, dass ich mit Ihnen darüber reden kann. Denn, Herr Inspektor, bei dem war alles irgendwie anders.«

Sie saßen im Wohnzimmer seines Hauses vor Kaffee, den zu servieren Überall sich nicht hatte nehmen lassen.

»Herr Inspektor, das war, wie gesagt, mein dritter Selbstmörder – und er war anders. Ganz anders. Der ist nicht vor den Zug gegangen, hat sich nicht geworfen so wie die anderen zwei … sondern der ist, ich weiß gar nicht, wie ich Ihnen das beschreiben soll«, er dachte nach, schaute einmal Fred, dann Fabian ins Gesicht, lachte und rief aus: »Herr Inspektor, der ist gehechtet.« Er stand auf und setzte sich sofort wieder. »Entschuldigen Sie bitte, dass ich da gelacht habe, Sie wissen, wie's gemeint ist. Aber verstehen Sie, was ich Ihnen sagen will? Können Sie sich das vorstellen? Der flog von rechts nach links vor meinen Zug. Und kam nicht von links nach rechts. Der ist nicht in der Station gestanden, wo ich den noch vor seinem Tod von Weitem stehen gesehen hätte, sondern der war plötzlich da, als ich aus der Station schon fast wieder draußen gewesen bin. War plötzlich da, halbhoch, kam aus dem Nichts, keine Ahnung, wie das gegangen ist, der muss irgendwie irgendwo von oben weggesprungen sein – und flog dann halbhoch hinter der Lärmschutzwand hervor vor meinen Zug, als wollte der ganz sicher sein, dass ...« Er trank von seinem Kaffee und starrte vor sich auf den Boden. »Ich hab mir die Stelle ehrlich gesagt noch nicht angeschaut. Wollte möglichst schnell weg von dort. Vielleicht einmal in der Pension, aber ... Herr Inspektor, ich fahr dort alle paar Wochen vorbei und bin froh, wenn ... Man vergisst so etwas nicht. Der hat sich nicht geworfen, sondern ist hinter der Deckung heraus in den Tod gehechtet.«

Pitter und Dreier sahen einander an.

»Oder man hat ihn geworfen«, sagte Pitter auf der Fahrt zurück in die Stadt, nachdem sie eine Weile schweigend nebeneinander im Auto gesessen waren. Dann sah er Fred an und sagte: »Die haben deinen Ivica niedergeschlagen, dann zu zweit, zu dritt oder zu viert gepackt, wie einen Sack hin und her geschwungen und vor den Zug geworfen.«

Wer? – Dreier sprach diese Frage nicht aus.

Da sagte Pitter: »Ich habe noch nie so viel Hass gesehen.«

Fred sah ihn an.

Fabian saß neben ihm am Steuer und sah gerade auf die Straße. »Du hast die Spuren an der Lärmschutzwand gesehen, man hat sich da nicht sehr bemüht, keine Spuren zu hinterlassen. Der junge Mann muss sich Feinde gemacht haben, die sehr wütend werden können. Denk nach, wer das sein könnte.« Und er fügte nach einer Weile hinzu: »Vergiss, dass du heute bei dieser Befragung dabei warst. Ich habe dich mitgenommen, weil du an dieser ganzen Geschichte leidest.«

V – FREUNDE UND EINE GATTIN

1

Regen prasselte auf das Dach.

Fabian Pitter ermittelte am liebsten allein, was in Zeiten der Personalnot von seinen Vorgesetzten gern gesehen wurde. Dreier hatte am Nachmittag nach dem Besuch des Lokführers Unterricht, Pitter saß mit Joe Pollak im Kaffeezimmer eines Filmstudios. Zwischen ihnen auf dem Tischchen lag ein Minidisc-Aufnahmegerät, dank der kleinen Scheiben mit Platz für achtzig Gesprächsminuten ging kein mit dem Ermittler gesprochenes Wort verloren.

Pollak zündete sich eine Zigarette an und inhalierte tief. Er atmete den Rauch mit Genuss aus und sah Pitter ins Gesicht. »Herr Kommissar, Fred ist vieles, aber er ist kein Brandstifter, und schon gar nicht ist er ein Mörder. Fred bringt niemand um, schon gar nicht diesen Pfaffen, das können Sie vergessen. Und am Tag des Brandes war diese Geschichte doch schon hundertmal gegessen und wieder rausgeschissen, Sie wissen doch, wie die Medienwelt funktioniert, und entschuldigen Sie meine Ausdrucksweise. Ich war viel unterwegs, bin gestern heimgekommen und habe mitbekommen, dass der Pfarrhof Waders abgebrannt und der Mann verschwunden ist. Wenn ich Sie richtig verstehe, fragen Sie mich nach seinem Alibi. Fred habe ich das letzte Mal beim Drehen unserer Geschichte gesehen. Ich war danach in London, Paris, Brüssel, Berlin und bin gestern heimgekommen, für den Fall, dass Sie das auch wissen wollen.« Er sah Pitter kopfschüttelnd an. »Fred hat mich am Tag meines Abflugs angerufen und von seinem Besuch im Pfarrhof Waders erzählt. Er sagte, dass wir etwas *machen* müssen, weil … Sie können sich das ja vorstellen.«

Der Pitter gegenübersitzende Mann wollte reden. Er lehnte sich zurück, legte den Kopf in den Nacken und schloss die Augen.

»Fred hatte schon immer eine Nase für Geschichten und das Zeug zu einem erstklassigen Journalisten. In unseren Anfängen waren wir bei der einzigen linken Tageszeitung des Landes, die es längst nicht mehr gibt.« Er sah Pitter an: »Ich weiß heute, dass diese Geschichte falsch war. Aber ich brauchte Geld, war pleite, Scheidungen sind heutzutage teuer. So viel zu meiner Entschuldigung. Dem Sender geht's um die Quote, das ist Privatfernsehen. Die Rechtsabteilung hat das gecheckt, und bis jetzt hat sich noch niemand wegen Verleumdung oder Rufmord bei mir gemeldet. Die Kirche wird wissen, warum sie auf mich vergessen hat.« Er dämpfte die Zigarette aus, als er sagte: »Drago und die Seinen waren gut. Sehr gut sogar. Und auch Fred war sehr gut; war erschüttert von dieser Verschwendung an Talent, an Begabung, an Zukunft, an was weiß ich – das klang, als wüsste er schon in diesem Moment, dass sich der Junge in sieben Wochen umbringt.« Pollak zündete sich die zweite Zigarette an. Zorn stand in sein Gesicht geschrieben. »Die machten daraus eine Glaubensfrage! Nahmen die Anklage nicht ernst. Sagten nichts. Kein Wort. Natürlich habe ich versucht, Wader zu kriegen. Keine Chance. Sie haben ihn in dieses Dorf in der Provinz versetzt. Ich habe dem dort aufgelauert, aber der ging nicht aus dem Haus, und niemand im Ort redete mit mir. Ich habe das alles auch schon Fred gesagt. Der stand in der Schule und hat mich zehnmal am Tag angerufen. Beklagte sich darüber, dass er sich als fremder Gast in seinem Leben fühlte. Er rief Drago und Ivica an, zehnmal am Tag, niemand hob ab. Er fuhr zu ihrer Wohnung. Eine Nachbarin begrüßte den berühmten Herrn Professor und berichtete, dass Familie Kuncz nach Hause gefahren sei, wo diese Leute ihrer Meinung auch hingehörten. Die sprach aus, was die Leute dachten. Tausende Leserbriefe für diesen Pfarrer, dann streitet der Medienbischof alles ab und segnet in den

Nachrichten um halb acht die Kamera, Ivica, Fred und die ganze Welt.«

Pitter sah den Kameramann an und sagte: »Können Sie sich vorstellen, warum Ivica Kuncz und sein Vater diesen Priester denunziert haben?«

Eine halb volle Flasche Whisky stand neben dem Aufnahmegerät auf dem Tisch. Pollak griff nach der Flasche, trank und starrte Pitter an: »Nein.« Er zog an seiner Zigarette und sah dem ausgeatmeten Rauch nach. »Herr Kommissar, die Leute waren glaubhaft! Ich habe denen geglaubt, und ich glaube sonst niemand irgendwas. Drago hat uns noch zwei Namen von österreichischen Jugendlichen aus dem Klub gegeben, die auch aussagen wollten. Aber der Sender wollte das nicht.« Der Kameramann sah Pitter ins Gesicht. »Sie haben unseren Fernsehbericht gesehen. Hätten Sie an Ivicas Aussage gezweifelt?« Er gab sich kopfschüttelnd selbst die Antwort: »Dieser Junge ist der beste Schauspieler, den ich jemals gesehen habe.« Und auch wenn ihn Pitter nicht danach gefragt hatte, wollte er noch etwas loswerden: »Herr Kommissar, Sie müssen wissen, Fred sieht die Welt, wie sie seiner Meinung nach sein muss, das ist ein kreativer Zugang zur Wirklichkeit. Aber Geld hat ihn nie interessiert. Vielleicht hat er es deshalb als Schriftsteller und Filmemacher nicht ganz geschafft. Er macht, was er für wichtig hält. Auch bei dieser Geschichte ist die treibende Kraft sein Idealismus. Ihm geht es nicht um persönlichen Ruhm.«

Der Ermittler stand auf, bedankte sich für dieses Gespräch und sagte, dass es bei der österreichischen Kriminalpolizei keine *Tatort*-Kommissare, sondern nur den Dienstgrad Inspektor gebe.

Pollak lachte. »Ja, danke, der war gut, aber für mich als gelernten Österreicher ist jeder Inspektor ein Kottan.«

Der Kameramann sah zum Fenster hinaus und sagte: »Ich würde gerne mit Fred reden. Er ist einer der wenigen wahren Freunde, die ich habe. Wo steckt Fred eigentlich?«

2

Klaus Körner schüttelte den Kopf. »An diesem Tag habe ich Fred nicht gesehen. Er wird sagen, wir hätten uns in einem anderen Leben das letzte Mal gesehen. Tatsächlich trafen wir uns zuletzt in Wien bei seiner Lesung, über die er mich natürlich nicht informiert hat, weil er nur echtes Publikum wollte, das er nicht einladen musste. Als ich dann mit acht Leuten dort saß, gab's ein ziemliches Hallo, er hat sich gefreut, wir gingen dann etwas trinken und waren immerhin so vertraut, dass er mir noch vor dem ersten Whisky die ganze Dr.-Irene-Leopold-Saga erzählt hat. Ich weiß nicht, wie viel Zeit Sie haben, interessiert Sie das alles?«

Pitter nickte und Körner erzählte: »Fred faszinierte das Doppelleben dieser Frau. Die sitzt mit Mann, Vater, Mutter, Schwiegereltern und dem katholischen Herrn Landeshauptmann am Sonntag in der Kirche, rennt unter der Messe aus dem Gotteshaus in eine Telefonzelle, ruft ihn an, um ihm zu sagen, dass sie es nicht mehr erwarten könne, ihn morgen zu spüren, rennt zurück in die Kirche und geht zur Kommunion. Fred schwärmte für ihre vollendete Kunst der Lüge. Sie verkörperte für ihn die bürgerliche Welt, er plante einen Roman, Arbeitstitel ›Madame Bovary 2000‹. Wussten Sie, dass heutzutage nur Ehebrecher oder Terroristen über Telefonzellen kommunizieren?«

Den Kriminalisten amüsierte die Aufgeregtheit dieses Kulturmenschen, der Pitter in seinem Büro besuchen wollte, weil es für ihn eine spannende Erfahrung war, in einen Kriminalfall involviert zu sein. Auf Pitters Frage nach Ivica Kuncz antwortete Körner, dass er Fred gewarnt habe, und er gestand, dass ihm diese Pfaffen-Geschichten schon auf die Nerven gingen, weil da nie etwas herauskomme. Er war beim Treffen in der Angelegenheit Kuncz schon in der Kultur, bereitete sich gerade auf ein Interview mit Roman Polanski vor, und das war tausendmal spannender als so ein Missbrauchsdrama. »Ich weiß nicht mehr genau, was ich ihm gesagt habe, wahrscheinlich habe ich ihm geraten, mach was anderes. Er hat gesagt, dass er eine Überzeugung hätte. Und das war diese Arroganz. Fred hielt sich immer für etwas Besseres. Er hat natürlich trotzdem bei mir angerufen, weil er mich brauchen konnte. Fred ging es immer mehr um die Geschichten als um die Fakten. Und ich musste dann etwas machen, weil das damals alle getan haben, das war eher allgemein geschrieben, keine journalistische Meisterleistung.« Er sah Pitter an und sagte: »Vom Herrn Professor habe ich im Übrigen seit damals nichts mehr gehört.« Er lachte. »In Wahrheit hat der gute Fred sich gelangweilt. Auch wenn es so wirkt, als hätte er eine Mission, diese Handballergeschichte sehe ich als seinen Kampf gegen Langeweile. Schon während des Studiums sagte er dreimal am Tag, der Sinn seines Lebens sei, dafür zu sorgen, dass ihm nie fad wäre. Wir waren eine Clique. Alex, Joe und ich kämpften für die Dritte Welt, Frauenrechte, Arbeiterklasse und so weiter, während Fred seine Langeweile bekämpfte.« Dann schwieg er und dachte nach. Plötzlich lachte Körner auf. »Fred sagte immer, meine Eltern sind Kleinbürger und ich bin ein Kleinschriftsteller! Thomas Mann aus großbürgerlichem Haus wird ein Großschriftsteller, dagegen könne so einer gar nichts machen. Großschriftsteller veröffentlichen ihre Sachen in einem Großschriftstellerverlag, wo ein Kleinbürgersohn nie hineinkommt, da kann der schreiben, was er will. Und Großbürger sind auch Bildungsbürger, die in Buchhandlungen gehen, um sich Bücher zu kaufen, nicht weil ihnen der Umschlag gefällt, und die machen sich lustig über kleinbürgerliche Häuslebauer, Grillmeister und Rechtswähler. Diese Leute lesen nicht, halten Pilcher-Verfilmungen für Filmkunst und schauen sich im Fernsehen den Talk-Koch-Ekelshow-Scheißdreck an. Ich finde Freds Literatursoziologie genial.« Dann rührte Klaus Körner schweigend in seiner Kaffeetasse und sagte mehr zu sich als zu seinem Gegenüber: »Ich würde mich gerne wieder einmal mit ihm unterhalten, wo lebt denn der Herr Professor heutzutage?«

3

Auch der Journalist Alex Gause hatte sofort Zeit und Fabian Pitter das Gefühl, dass sein Anruf in der Redaktion des Nachrichtenmagazins erwartet worden war. Sie trafen einander im Bahnhof-Café von Linz.

»Wir haben uns seit Jahren nicht mehr gesehen. Ein persönliches Treffen ist sich bei dieser Missbrauchsgeschichte nicht ausgegangen. Ich habe im Fernsehen gesehen, dass der Pfarrhof gebrannt hat, und entnehme Ihrer Frage, dass Sie Fred da als Brandstifter verdächtigen. Das ist absurd. Er hat mir Anfang Oktober diese Geschichte erzählt, mich hat das nicht überzeugt, aber ich habe dann etwas gemacht, weil mich geärgert hat, dass die Kirche auf diese Vorwürfe nicht einmal eingegangen ist, und diese Gesprächsverweigerung war dann das Thema meiner Ausführungen.« Er lehnte sich zurück und trank seinen Kaffee. Dann sah er Pitter an. »Fred war empört, regte sich furchtbar auf, keine Ahnung, warum er das so persönlich nahm. Er kannte diese Leute, hatte einmal etwas über sie geschrieben, aber …«

Er schüttelte lächelnd den Kopf. Dass er Fred mochte, war ihm anzusehen.

»Freds Begeisterung hatte schon immer etwas Dilettantisches.« Er lachte und sah an die Decke, als wäre ihm gerade eine spezielle Erinnerung in den Sinn gekommen. »Freds Film-Porträt von Charlie Watts! Also, die Kamera ist nah am Protagonisten dran, begleitet ihn durch sein Leben, Watts spricht über Musik und alles Mögliche, ohne diese legendären Namen auszusprechen, sondern allenfalls zu sagen, die *anderen* und so weiter, was den Effekt hätte, dass das Publikum diese Figuren ständig sieht, ohne dass ein einziges Bild von ihnen im Film vorkomme. Das hat etwas Geniales.« Gause lachte erneut auf. »Aber Fred ist nur ein Nobody aus der österreichischen Provinz mit drei kleinen Festival-Dokus und ein paar Büchern, die keine Bestseller waren. Und Fakt ist, du kannst als Nobody noch so begeistert sein, du wirst nie in die Nähe dieser Leute kommen. Er schickte seine selbst gemachte Übersetzung des Konzepts an das Management von Watts und reiste nach England, Devon, wo Pferdezüchter Watts ein Gestüt besitzt. Er war in England, keine Ahnung, was der dort getan hat, einen Termin bei Watts hatte er jedenfalls nicht, und der Trip war überhaupt ein Unsinn, weil Pferdezüchter Watts jedes Jahr ein paar Tage zur Pferde-Messe nach Wels in Oberösterreich kommt.« Gause rührte in seinem Kaffee. »Ich finde es traurig, dass Fred sich keine Zeit mehr genommen hat für Leute wie mich. Er hat sich nur gemeldet, weil er glaubte, meine Stellung würde ihm nützen, um diese Geschichte rauszubringen. Bei unserer letzten Begegnung erzählte er mir damals von dieser Freundin, zwanzig Jahre jünger. Weiß nicht mehr, wie die hieß. Eine Katholikin«, Gause war anzusehen, dass Dreiers Geschichte ihn amüsierte. »Wollen Sie das wirklich hören?«

Pitter nickte und hörte sich die Romanidee von »Bovary 2000« zum zweiten Mal an. Gause ärgerte sich darüber, dass sein in Rom mit Stipendium geschriebener Roman noch keinen Verlag hatte, und gab zu, dass er Dreiers »Bovary«-Idee selber gerne gehabt hätte. Und zuletzt sagte er: »Auch wenn er manchmal nervt, ich würde Fred gerne wieder einmal treffen. Wissen Sie, wo ich ihn finde?«

4

»Ich weiß nichts über ihn, wir leben getrennt.«

Helene Dreier wirkte, als empfände sie es als Zumutung, von Fabian Pitter nach ihrem Mann gefragt zu werden. »Er ist vor einigen Tagen in das Hotel Schwarzer Bär in der Linzer Herrengasse gezogen. Keine Ahnung, was er dort macht.«

Die Frau stand im Vorhaus, er draußen vor der Tür dieses stattlichen Hauses mit Seeblick. Der Ermittler senkte den Blick und schaute auf eine der mit größter Sorgfalt in die Erde gelegten Granitplatten, die den Weg rund um das Gebäude säumten. Ein Windstoß fuhr in die Äste des Goldregenbusches neben dem Eingang. Ein Gewitter stand dunkelblau über der Welt. Blitze zuckten durch die Weite über ihnen. Donner. Es begann zu regnen.

Sie blickte auf ihre Uhr, sagte: »Zwanzig Minuten«, und führte Pitter durch das Wohnzimmer auf die Terrasse an der Rückseite des Gebäudes, wo sie ihn mit einer Geste einlud, sich zu setzen, und sagte, dass diese leidige Geschichte hier begonnen habe. »Fred kam Anfang September eines Abends heim und empörte sich. Ich saß mit unseren Kindern beim Abendessen, es gab Salate, Weißbrot und Salami, wenn Sie es genau wissen wollen. Mir hat sich dieser Abend ziemlich tief eingeprägt. Zum Essen kamen wir damals nicht. Er erzählte uns von dieser Begegnung mit Drago, steigerte sich dabei in etwas rein, so als hätte man ihm persönlich etwas angetan. Ich wollte wissen, wie dieser Missbrauch konkret und praktisch zugegangen sein soll. Er empfand meine Fragen als Provokation. Auch unser Sohn Nicki, der war ein paarmal in diesem Klub, hat das alles sehr kritisch gesehen. Aber sein Vater ließ keine einzige kritische Frage gelten.« Sie stand auf, ging in die Küche und holte ein Glas, nahm auf dem Rückweg eine Flasche Cognac aus einem Schrank, setzte sich, goss sich einen Schluck ein und sagte: »Für mich war das alles andere als eindeutig. Ich kenne dieses sagenhafte Flüchtlingsbuch nicht, ich interessiere mich nicht für Literatur und schon gar nicht für seine, mit der er im Übrigen, so wie ich das sehe, keinen wirklichen Erfolg hatte; gut ist er als Lehrer, aber das hat er bis heute nicht begriffen. Als sich dieser Ankläger umgebracht hat, ging das mit Fred nicht mehr weiter, das soll er ihnen selber erzählen, ich will darüber nicht reden.« Helene Dreier trank das Glas in einem Schluck leer.

Fabian Pitter sagte, dass der Pfarrhof des angeklagten Pfarrers abgebrannt sei. Frau Dreier goss sich noch einmal Cognac ein. Bevor sie einen Schluck davon nahm, sah sie Pitter an und sagte: »Ich hab das im Fernsehen gesehen. Furchtbar.«

Sie trank das Glas aus. Blickte dann am Ermittler vorbei hinaus ins Freie und sagte: »Sein Versprechen, das er diesem armen Teufel Drago gegeben hat, also dass er groß ankündigt, sich um die Angelegenheit zu kümmern, das ist reine Wichtigtuerei, das ist so typisch für ihn. Dass das dann doch irgendwie funktioniert hat, auch wenn das alles jetzt so schlecht ausgegangen ist … Auch das ist auch typisch für ihn.« Sie sah Pitter fest in die Augen. »Als er mir den Selbstmord dieses Ivica meldete und ich ihm sagte, dass er nun eine Sorge weniger hätte, hat er mir ins Gesicht geschlagen und ist ausgezogen. Wahrscheinlich das Gescheiteste, was er in den letzten zehn Jahren getan hat. Also empört sein und schnell einmal zuschlagen, das ja, aber einen Pfarrhof anzünden, vielleicht jemand umbringen, so etwas bringt mein Fred nie.« Helene Dreier stellte das leere Glas auf den Tisch und sagte: »Wenn Sie etwas Aktuelles über Fred Dreier erfahren wollen, wenden Sie sich bitte an Frau Dr. Irene Leopold, die ehemalige Leichtathletik-Landesmeisterin im Achthundertmeterlauf ist als siebenundzwanzigjährige Unterrichtspraktikantin für Sport und Französisch an seine Schule gekommen und nach dem Probejahr geblieben. Dass er ihr nicht nachgaffen musste, weil sie zu seinem Platz gekommen ist und ihn gefragt hat, ob tatsächlich er diesen viel beachteten Roman über einen ehebrecherischen Dorfgendarmen, der im Bett der Geliebten stirbt und als Mordopfer gefunden wird, geschrieben hätte, und dass sie dabei lächelte, als ob sie ihn etwas ganz anderes fragen wollte, hat mir mein Mann mit Stolz erzählt. Dass sie es gewohnt ist zu gewinnen, dass sie sich mit selbstverständlicher Eleganz durch das Konferenzzimmer bewegt, mit damenhaftem Chic gekleidet ist und nach ›Angel‹ von Thierry Mugler riecht, dass das alles bei der Weihnachtsfeier vor zwei Jahren begonnen hat und beide nach dem Wochenende erleichtert darüber waren, dass ihr Abenteuer kein einmaliger Ausrutscher war, dass sie mit Freds Auto nach der Schule in den Wald fuhren, wo er die Autositze nach hinten klappte, dass sie ihm gestand, von seiner Ehe erregt zu sein, und er die Sonntagnachmittage bei Kaffee und Kuchen mit Onkeln und Tanten nur ertrug, weil er wusste, dass sie ihm am Montag die Hose aufknöpfen und ihre Beine für ihn spreizen würde – das alles weiß ich aus Freds Tagebüchern, die er in seinem Büro so hinlegte, dass ich sie beim Putzen nicht übersehen konnte.«

5

Irene Leopold schlug als Treffpunkt ein Café vor.

Fabian Pitter war beeindruckt von ihrer Erscheinung und verstand Fred Dreiers »Bovary«-Romanprojekt, als sie auf ihn zuging. Sie setzte sich, bestellte einen Cappuccino und sagte, dass sie seit ihrem Wechsel in eine andere Schule keinen Kontakt mehr zu Fred

Dreier hätte, vielleicht war der Herr Schriftsteller in Schreibklausur. Pitter fragte sie nach dem Tag des Brandes. Sie wusste nichts von diesem Unglück, Regionalfernsehen interessierte sie nicht, keine Ahnung, wann sie Fred das letzte Mal gesehen hatte, und leider konnte sie in keinem Kalender nachschauen, die Treffen mit Fred hatte sie nirgends notiert. Der Herr Kommissar könne sich sicher vorstellen warum, erklärte sie mit einer Selbstverständlichkeit, die Pitter an dieser bürgerlich wirkenden Frau gefiel. Sie sah ihn an und sagte: »Ich nehme an, seine Frau hat Sie zu mir geschickt. Egal, was sie Ihnen gesagt hat, das Problem dieser Ehe war, dass sie ihren Mann nicht begehrt hat. Wahrscheinlich nie. Sie wollte von Fred zwei Kinder, aber sonst nichts.«

Ein Kellner servierte Frau Dr. Leopold den Kaffee, sie zündete sich eine Zigarette an, inhalierte tief und sah dem ausgeatmeten Rauch nach. Bevor Pitter etwas fragen konnte, sah sie ihn an und sagte: »Dieses Büro mit Blick auf den See. Haben Sie das gesehen? Unter dem Dach, nach vorne eine Glaswand. Dieser Raum mit genau diesem Ausblick in die Landschaft war einer der Hauptgründe seiner Ehe mit Helene, das hat er mir nach einem Jahr gestanden. Das Haus und dieses Büro gehörten ihr. Aber zweiundzwanzig Jahre nach der Hochzeit hatte er das Gefühl, seiner Frau nichts mehr schuldig zu sein.« Sie rauchte wieder und schüttelte den Kopf. »Gefallen hat Helene ihm schon im Gymnasium, sie war dort aber nur ein Mädchen aus der Unterstufe, das er nach der Matura rasch vergaß, jahrelang auf Reisen und in Fabriken bei der Arbeit zu deren Finanzierung. Irgendwann berichtete ihm seine Mutter, dass die schöne Helene mit einundzwanzig Jahren einen Hofrat geheiratet hätte, der zwar ihr Großvater sein könnte, ihr aber am Stadtrand dieses Wahnsinnshaus mit Seeblick hingestellt hat, mit zwei Stöcken und vier Kinderzimmern. Von Helenes Ehetragödie mit Gattentod bei einem Autounfall erzählte sie ihm ein Jahr später. Man gönnte der Frau das Haus und die Pension. Zwei Tage nach einem zufälligen Treffen im Supermarkt lagen Fred und Helene miteinander im Bett. Die Rasanz zu Beginn ihrer Beziehung erschien ihm als Wirklichkeit gewordene Kino-Romantik. Sie erlaubte ihm nach dem Kritikererfolg seines ersten Romans ein Jahr als Writer in Residence, doch zwei Wochen vor seiner Abreise, er hatte schon ihren Besuch in Iowa City organisiert, gestand sie ihm, dass sie schwanger war. Fred sagte Amerika ab, blieb zu Hause, heiratete sie und meinte, vor Glück zu platzen, als er seinen neugeborenen Sohn in den Händen hielt. Er taufte ihn Nikolaus, um ihn nach Hemingways »Nick Adams Stories« rufen zu können, und nahm eine halbe Lehrverpflichtung, die Eltern und Schwiegereltern stolz machte. Zwei Jahre später kam

Samira zur Welt. Wieder weinte er bei der Geburt Glückstränen, und aus einer halben wurde eine ganze Verpflichtung. Aus Spaß am Leben wurde Verantwortung. Und er schrieb weiter Prosa, froh, sich nicht um seine Karriere kümmern zu müssen. Wie angenehm war dieses Leben. Im Vergleich zu seinem Jahr als freier Schriftsteller, in dem er täglich am Schreibtisch gesessen war, aber zu wenig Geld verdiente. Viel zu wenig. Helenes zweite Schwangerschaft kam ihm, wie er sich in einsamen Augenblicken der Ehrlichkeit eingestand, sehr gelegen. Professor Dreier verdiente mit Lehrergehalt und Literaturgeld deutlich mehr als sein Brot und beschrieb sich als Nebenerwerbsschriftsteller, dem es so leichtfiel, seine Literatur mit dem Lehrersein zu verbinden, wie er sich das nie vorstellen konnte.« Leopold trank Kaffee, war aber noch nicht fertig. »Fred war ausgehungert, aber er sagte nie etwas Schlechtes über Helene. Er ist ein Mann mit Verantwortungsgefühl – für alles Mögliche! Was ihn in diese entsetzliche Situation gebracht hat, wegen der wir heute hier sitzen. Dieser Handballer hätte ihm wirklich egal sein dürfen.« Sie rauchte, sah an Pitter vorbei und lächelte. »Von Scheidung war bei uns nie die Rede. Ich muss zugeben, dass seine Sicht unserer Beziehung zunächst durchaus in meinem Sinn war. Unsere Probleme begannen, als er nichts mehr ernst nahm. Ihn schien alles zu amüsieren. Nichts ist ihm wichtig. Seine Ehe. Die Schule.

Ich. Sein Schreiben. Wir haben uns ausgesprochen. Ich weiß jetzt, dass er lange Jahre seinen Luxus nicht aufgeben wollte. Dieses Haus! So etwas würde ich ehrlich gesagt nie aufgeben. Ich war ein paarmal bei ihm, wenn sie auf einem Seminar war. Sein Büro ist ein Wahnsinn. Dieser Ausblick. Schon allein dafür würde ich mir ehrlich gesagt einiges an Ehemühsal gefallen lassen.« Sie dämpfte die Zigarette aus, studierte den Aschenbecher und fuhr fort: »Ich werde meinem Mann Karl nie vergessen, dass er mich gerettet hat, als ich am Ende war, nach Budapest, wo ich die Qualifikation für Sydney, für Olympia, nicht schaffte. Du bist Landesmeisterin, du trainierst seit deinem vierzehnten Lebensjahr, du weißt, es ist deine letzte Chance, du läufst gut, dann siehst du die Zeit, läufst und läufst, dann bist du durch: nein, nein, nein, wieder nicht geschafft. Und im entsetzlichsten Moment meines Lebens war Karl für mich da. Wir kannten uns von der Universität. Er ist Jurist, war aber anders als seine Kommilitonen. Er hatte schon was, auch wenn ich nicht gerade verrückt nach ihm war, aber für Schmetterlinge im Bauch reichte es. Eine Zeit lang. Fred war anders, ganz anders. Das habe ich auf den ersten Blick gesehen.« Plötzlich sah sie Fabian Pitter an, lachte und sagte: »Sie sind gut, wissen Sie das? Ich habe das alles noch nie jemandem erzählt. Aber wahrscheinlich braucht jeder Mensch ab und zu jemanden zum Reden. Danke!«

6

Magistra Tischler saß mit Fabian Pitter im Sozialraum der Schule, in der sie zusammen mit Dreier unterrichtete, und sagte: »Ich habe mich bei Ihnen gemeldet, weil es bei uns im Konferenzzimmer so viel blödes Gerede wegen meines Kollegen Dreier und dieses Pfarrers gegeben hat – ich möchte da klarstellen: Mit dem Brand dieses Pfarrhofs hat er nichts zu tun. Das halte ich für ausgeschlossen. Auch wenn wir wegen Ivicas Geschichte auch Probleme hatten.«

Pitter sah sie fragend an. Sie beeilte sich zu erklären. »Ich habe ihn einmal angegriffen, weil ich zwar zunächst seine Zivilcourage ausdrücklich bewundert habe, aber dann der Meinung war, dass er mit seinem Engagement Homosexuelle als Päderasten denunzierte. Die große Pause verging mit einer Konferenzzimmerdiskussion zwischen ihm und dem Lehrkörper, in der er allein gegen etwa dreißig Akademiker anredete, denen er klarzumachen versuchte, dass es nicht um Homosexualität, sondern um Zwang, Unterdrückung und Gewalt ging. Was sachlich begann, endete in vollendeter Peinlichkeit als Schreiduell zwischen ihm und Irene Leopold, die ihm seine schwindende Manneskraft als Folge seiner Wichtigtuerei vorwarf, was in der allgemeinen Aufregung fast untergegangen ist. Ich habe dann noch einmal nachgedacht, natürlich hatte Fred recht.« Tischler stand auf, goss sich einen Kaffee ein, Pitter lehnte dankend ab, sie setzte sich und sagte: »Der Selbstmord dieses Jungen war für Fred eine Katastrophe. Er fühlte sich schuldig, weil er Ivica ins Fernsehen gezerrt und dazu gedrängt hat, sich preiszugeben. Er ging dann seinem Kollegium aus dem Weg, saß jede Minute seiner Freistunden an einem der Tische in der Schulbibliothek und schrieb Texte über das Thema Missbrauch und Homosexualität, doch keine der Zeitungen oder Magazine, an die er sie mit wachsender Verzweiflung schickte, druckte etwas, obwohl man dort seinen Namen nach Publikationen in der Vergangenheit kannte. Er gestand mir, dass er beim Versuch, einen Roman über Ivicas Schicksal zu schreiben, am ersten Satz scheiterte. Er schrieb Dutzende Anfänge, doch Plot, Erzählperspektive und Komposition dieses Romans erschienen ihm lächerlich. Er ging ein paarmal hinaus aus der Stadt zur Haltestelle der Regionalbahn auf der Höhe des Pichlingersees, dort, wo etwa zweihundert Meter lang keine Lärmschutzwand steht. Einmal habe ich ihn begleitet. Wir setzten uns auf die Bank am See, auf der er früher täglich lesend und schreibend gesessen ist. Dort sagte Fred: Ivica hat mir mit seinem Todesort ein Zeichen gegeben.«

Der Inspektor fragte Magistra Tischler, ob sie

Freunde, Rivalen und das Umfeld von Freds Schützling gekannt hätte.

»Ich habe Ivo nie persönlich kennengelernt, aber er hat mir so viel von ihm erzählt, dass ich, also der junge Mann war mir mitunter sehr nahe.«

Fabian Pitter erschien es nicht sinnvoll, der Frau seine Zweifel am Selbstmord mitzuteilen, er verabschiedete sich mit Dank für das Gespräch und war froh, die Schule hinter sich lassen zu können.

VI – COHEN

1

Fred Dreier war seinem alten Leben ins Hotel Schwarzer Bär entkommen.

An der Wand neben dem Eingang waren vier Sterne. In seinem Zimmer standen ein kleiner Kühlschrank, ein flacher Tisch, zwei Stühle, Kleiderkasten, Schreibtisch, ein niedriger Schrank mit Spiegel und Doppelbett, dazu ein HD-Flachbildschirm-Fernseher an der Wand und Internetanschluss, der Raum war hoch und hell, nebenan das Bad, durch dessen Fenster er in den Innenhof sah. Hoteldirektor Käfer kannte Dreier als Autor, der Lesungen organisierte und mehrmals in der Stadt weilende literarische Persönlichkeiten in seinem Haus einquartiert hatte; er hatte keine Fragen gestellt, als Fred in jener Nacht – nach dem Tod von Ivica Kuncz – mit der Bitte um ein Zimmer an der Rezeption gestanden war, er war froh, in Zeiten unsicherer Auslastung einem Dauergast mit einem Sonderpreis für eine der Suiten dienen zu können.

Drei Tage nach ihrem Treffen am Todesort von Ivica Kuncz und dem gemeinsamen Ermittlungsgespräch mit Lokführer Überall wartete Fred auf Fabian im Hotel. Er stand am Nachmittag am hohen Fenster, betrachtete von oben die Cafés am Rand des Platzes unter ihm und begriff, dass er keine Schuld hatte. Kein Selbstmord bedeutet Mord. Die Erleichterung darüber, nicht schuld an diesem Tod zu sein, war rasch einer angespannten Neugier gewichen. Die Tat war für Fred so unvorstellbar wie der Täter und sein Motiv, diesen Handballspieler umzubringen. Seine Ehe hatte er mit dem Schlag ins Gesicht von Helene beendet. Etwas Neues begann hier, in diesem Hotelzimmer. Sein Leben lag frei vor ihm, alles war gut, die einzige Störung dieses Gefühls waren die Lügen Dragos und Ivicas, die er für Freunde gehalten hatte – sie hatten Form und Richtung seines Lebens verändert, das Alte war verschwunden, etwas Neues war Wirklichkeit geworden, Fred wusste nicht, wie alles weiterging, aber da war kein Zorn auf diesen Vater und seinen Sohn, im Gegenteil, er spürte fast etwas wie Dankbarkeit.

Dreier stand an der Fenstertür, vor der ein kleiner Balkon war, und blickte auf den Platz vor dem Hotel. Er schloss die Augen und sah die Spur seiner Schritte unter den leckenden Wasserzungen des Indischen Ozeans im Sand des Strandes von Lakes Entrance verschwinden, auf seiner Australienreise vor dreißig

Jahren. Als an diesem grauen Tag die Sonne durch die Wolkendecke brach, huschte Licht durchs Zimmer und Fred Dreier war einige Momente lang glücklich.

Fabian Pitter klopfte wie ausgemacht um halb vier an die Tür des Zimmers. Er trat ein und Fred lud ihn mit einer Geste ein, auf dem Sofa Platz zu nehmen, setzte sich ihm gegenüber auf einen Sessel und sagte, als wollte er jeder Frage zuvorkommen: »Mein Sondertarif im Hotel ist billiger als die bis vor Kurzem bezahlten Kreditraten für die neuen Fenster, Türen und den Garagenumbau. Ich habe hier alles, und die Wäsche kommt gewaschen und gebügelt aufs Zimmer. Die Hoteladresse mit Nachsendeauftrag gibt mir das Gefühl, meinem Alltag entkommen zu sein. Meine Tochter Samira redet wieder mit mir, nachdem sie nach meinem Auszug von zu Hause vier Tage lang meine Anrufe nicht angenommen hat. Ich telefoniere auch mit meinem Sohn Nick, wobei ich erfahre, dass es seiner Mutter allein nicht besser als in meiner Gesellschaft geht. Ich habe mir früher ausgemalt, wie es wäre, in New York im Chelsea Hotel zu leben, Cohen, ›I remember you well‹ und so weiter. Warum nicht Linz, Hotel Schwarzer Bär? Bei Gedanken an die Werktätigen, die nur im Urlaub zwei Wochen in einem Hotel wohnen, ohne dort zu leben, gefällt es mir hier gleich noch besser. Fred Dreier hat viele Gründe, sich gut zu fühlen.«

Fabian lächelte – schon gut, schon gut, alles klar, freut mich für dich, sagte er, ohne ein Wort auszusprechen. Fred verstand ihn. »Entschuldige bitte, ich rede zu viel.«

Pitter stand auf und ging durch den Raum, strich mit der Hand über die Möbel; sie waren hell, Pressspan mit Furnier, kein Vollholz, wie er beim Öffnen der einen oder anderen Lade feststellte. Pitter trat ans Fenster, sah hinunter auf die menschenleeren Cafés und hinauf in den dunklen Himmel. Er drehte sich um und berichtete Fred von seinen Gesprächen mit drei Journalisten, drei Frauen und sagte: »Ralf Wader ist verschwunden. Dein Handballer und sein Vater haben gelogen, Ivos Selbstmord ist unwahrscheinlich. Warum haben deine zwei Freunde gelogen? Hat Ivos Tod etwas mit den Lügen des Vaters und des Sohnes zu tun? Das sind die Fragen, um die es geht.«

Fred hörte zu und nickte.

Fabian ließ seinen Blick durch das Zimmer wandern und sagte: »Ich will dir ja deine Freude nicht verderben, aber ich sehe auch die zukünftige Schäbigkeit der neuen Möbel. In längstens zehn Jahren sind sie abgewohnt und statt der vier sind drei Sterne an der Wand neben dem Eingang. Keine Ahnung, warum ich dir das sagen musste.«

Fred stand auf und sah um sich, als wäre ein Schatten im Zimmer.

Pitter stand vor Fred da, sah ihn an und sagte: »Ich kann dir keinen Auftrag geben und dich bei meinen Ermittlungen nicht immer mitnehmen, der Lokführer war eine Ausnahme, aber ich fände es gut, wenn du mit der Freundin dieses Pfarrers sprichst, weil du sie und Wader bei deinem Besuch gut kennengelernt hast; ich kann mir vorstellen, dass sie dir vertraut und mehr als mir erzählt – im Übrigen bist du ja von ihr ziemlich beeindruckt, wenn ich dich richtig verstanden habe.«

2

Danuta Miesenböck.

Die Frau aus Ralf Waders Küche. Verheiratet mit Franz Miesenböck, Bürgermeister, Lokalpolitiker der Partei, deren geistiges Potenzial sich für Fred in Lederhosenpopulismus und volkstümlicher Musik erschöpfte. Wie Miesenböck zu dieser Frau gekommen sein musste, hatte für Fred etwas Unanständiges, auch wenn er wusste, dass dieses Gefühl den gängigen Klischees der Wähler dieser Partei entsprach.

Miesenböcks Adresse stand im Netz, sein Vierkanter am oberen Ende einer Straße am Ortsrand seiner Gemeinde. Fred parkte zwei Stunden nach Pitters Besuch im Mondschatten einer Linde neben einem Bildstock und ging nicht auf der Straße, sondern zwischen den am Straßenrand stehenden Apfelbäumen nach oben. Er umrundete das Haus. Ein Fenster war erleuchtet, er sah drinnen eine alte Frau vor einem Fernseher sitzen. Sie war allein. Im Hof stand ein Traktor. Der Herr des Hauses war nicht da.

Zurück im Hotel wusste Fred nach kurzer Internetrecherche, dass Danuta Miesenböck in einer Linzer Import-Export-Firma für den Osthandel zuständig war; er stand einen Tag später, an einem Montag, um die Mittagszeit, vor einem stattlichen Büro-Gebäude mit Blick auf die Stadt. Hineinzugehen und nach ihr zu fragen erschien ihm unklug.

Sie trat kurz nach zwölf Uhr aus dem Gebäude.

Fred hatte bei ihrer ersten Begegnung nicht realisiert, wie schön diese Frau war.

Sie hatte den Körper einer Sportlerin, war fast so groß wie er, dunkles, asymmetrisch geschnittenes Haar, das ihre linke Gesichtshälfte bedeckte, ohne etwas zu verbergen. Helle Bluse, dunkler Rock und Jacke sorgten für Eleganz in ihrer Erscheinung, der durch flache Schuhe das Biedere genommen wurde. Ihr Gang war dynamisch. Ihre vollen Lippen lächelten der Frau zu, die neben ihr ging, wodurch ihre Entschlossenheit etwas Freundliches bekam, sie wirkte neugierig und offen für Neues.

Dreier folgte den Frauen bis zu einem Lokal, vor dem sich Danuta verabschiedete und allein weiterging, immer wieder auf die Uhr sah, als wäre sie auf dem Weg zu einem Termin. Doch sie setzte sich in ein Café, bestellte Tee, saß da, atmete tief durch und schloss immer wieder für Sekunden die Augen. Fred blieb im toten Winkel ihres Blickfeldes an der Glaswand draußen vor dem Lokal, beobachtete sie, wartete, und nach etwa drei Minuten, als sie gerade die Augen geschlossen hatte, trat er ein und ging einige Schritte bis zu ihrem Tisch. Stand vor ihr, bis sie seine Anwesenheit spürte und die Augen aufschlug. Und ihre Lippen zusammenpresste. Den Kopf schüttelte, nicht lächelte, sondern, ohne ein Wort auszusprechen, sagte: »Was wollen ausgerechnet Sie hier?«

Noch bevor sie sagen konnte, dass er verschwinden solle, setzte Fred sich ihr gegenüber an den Tisch und sah ihr in die Augen: »Was ist passiert, nachdem ich gegangen bin?«

Die Frau wirkte erschrocken, sah aber auf den ersten Blick, dass ihr ein Leidensgenosse in der Sorge um Ralf gegenübersaß. Und sie hatte keine Ahnung, wusste so wenig wie Dreier, was nach seinem Besuch passiert war. Danuta gestand ihm, dass sie bis jetzt geglaubt hatte, dass er spät in der Nacht noch einmal zurückgekommen wäre, um Ralf abzuholen und mit ihm abzuhauen, irgendwohin, wo das Leben einfacher war. »Ihr habt euch ja schnell versöhnt und wart am Ende die besten Freunde.« Und sie sagte zuletzt, als würde das etwas erklären: »Ich bin verheiratet.«

Tränen stiegen ihr in die Augen, sie griff nach einem Taschentuch in ihrer Handtasche und wischte sich über ihre Augen. Ohne zu denken, legte Fred ihr seine Hand beruhigend auf die Schulter. Und er wird nie vergessen, dass Danuta sich ihm einen Augenblick entgegenneigte, so, als wäre sie froh über seine Berührung, seine Anteilnahme, seinen Trost, auch wenn sie im nächsten Moment zurückschreckte, mit etwas wie Entsetzen auf ihre linke Schulter starrte, als klebte da etwas Ekelhaftes.

Auch Fred schreckte zurück, sprang auf und entschuldigte sich. Doch sie sah ihn an und plötzlich huschte ein Lächeln über ihr Gesicht, bevor sie den Kopf schüttelte und sich bedankte: »Auch wenn ich keine Ahnung habe wofür.«

Der Moment, als sie lächelte, veränderte sein Leben. Dreier setzt sich, sah zuerst auf ihre Hände und in ihr Gesicht: »Wo war dein Mann?« Erschrocken sprang er auf und sagte: »Bitte entschuldigen Sie mich, wo war Ihr Mann?«

Sie sah zu ihm auf, lächelte kopfschüttelnd und bedeutete ihm, dass er sich doch bitte setzen solle, wobei sie sagte: »Ja, klar, ich habe diese Frage erwartet und mir selber schon oft gestellt ... Ich weiß nicht, wo er war, aber ich traue ihm nicht zu, dass ... Ich glaube, er weiß nichts von mir und Ralf, jedenfalls hat er noch nie etwas zu mir gesagt, das ... Aber er ist, wie Sie wissen, Politiker.«

»Ich weiß, für welche Partei er sich engagiert, und, ohne dass ich Ihnen jetzt zu nahe treten will, ich habe mich über Ihre Ehe gewundert.«

Sie lachte bitter, nickte heftig, als würde sie etwas bestätigen, was sie selbst nie verstehen würde. »Er hat sich verändert, das können Sie mir glauben.« Und dann lehnte sie sich zurück und erzählte Fred, ohne dass der gewagt hätte, danach zu fragen, von ihrer Ehe mit Franz Miesenböck, die in Warschau begonnen hatte, wo sie Germanistik studiert hatte. Sie hatte für das polnische Außenministerium als Begleiterin und Dolmetscherin gearbeitet, gutes Geld verdient und damit ihr Studium finanziert. Franz kam als Vertreter des Ländlichen Fortbildungswerks mit einer Delegation des Österreichischen Bauernbundes auf Besichtigungstour, sah sie, war auf den ersten Blick verliebt und sagte ihr am dritten Tag, dass sie die Frau seines Lebens und er verrückt nach ihr sei. Ja, er hatte ihr auch gefallen, sie erkannte auf den ersten Blick an seiner Lederjacke, dem Rock-Shirt und der Jeanshose, dass er anders war als die mit ihm reisenden Bauern, sie zweifelte trotzdem – doch er war gut. Eroberte sie mit Witz, einem ihr völlig fremden Charme. Er wusste, wer Thomas Bernhard, Kafka und Goethe waren. Und er hielt sich zurück. Während die anderen Bauern schon beim ersten Gespräch Mini-Fotoalben aus ihren Lodenjacken holten, vor ihr die Bilder ihrer Höfe aufschlugen und davon schwärmten, wie viel schöne gemeinsame und nicht einsam geleistete Arbeit bei ihnen auf sie wartete, zeigte Franz erst nach ihrem ständigen Nachfragen ein Bild seines stattlichen Hofs, das er zufällig einstecken hatte. Nach seiner Abreise begann ein lebhafter E-Mail-Verkehr, drei Monate später trafen sie einander in Berlin und verbrachten dort drei Nächte miteinander. Das änderte alles. Die Heirat in Österreich war ein Fest, zu dem sie viele ihrer Freunde und Freundinnen aus Polen einlud, die meisten kamen auf seine Kosten, und das würde sie ihm nie vergessen. Sie lebte dann auf dem Bauernhof, schloss in Wien ihr Germanistik-Studium ab und war eigentlich glücklich. Bis Franz begann, sich politisch zu engagieren. Für eine Partei, deren Programm nahezu nur aus den Worten »Ausländer raus« bestand.

»Das hat er alles hinter meinem Rücken gemacht; ich war viel in Wien, hab das nicht mitbekommen – dann ein Riesenkrach! Er hat nichts verstanden. Ralf war der Einzige, der mich verstanden hat. Ich habe ihn gekannt, als Priester, habe ihn aber nie als Mann angesehen, ich hätte nicht sagen können, wie er aussieht. Und dann hat uns die Liebe überrumpelt. Schicksal. Meine Freundinnen lachten und sagten Zufälle. Erster Zufall war, dass ich an einigen hohen Feiertagen mit meinem Mann in der Kirche von St. Magdalena in Linz sitze, weil Freunde ihn eingeladen haben; diese Freunde wollten, dass Franz bei dieser Partei mitmacht. Beim ersten Besuch dieser Kirche erfahre ich, dass ihr Pfarrer viel für die Jugend macht. Die Messen in dieser Kirche gefallen mir, weil junge Menschen, Schwarze, Dunkelhäutige und Asiaten gemeinsam Musik machen. Nach dem Gottesdienst stellt Franz mir den Priester vor, weil er mit mir angeben will. Ralf Wader wirkt erfreut und berichtet mit Begeisterung von seinem neuen Sportprojekt, als ich sage, dass ich in Polen Handball gespielt habe, lädt er mich ein vorbeizuschauen, und meinte, ein Frauenteam wäre großartig. Ich bedanke mich, denke aber keine Sekunde daran, die Einladung anzunehmen. Der zweite Zufall ist eine gemeinsame Zugfahrt von Wien nach Linz. Kurz nachdem wir einander vorgestellt wurden, treffen wir uns auf dem Wiener Westbahnhof. Wir unterhalten uns dann etwa eineinhalb Stunden so ausgezeichnet über Literatur, Filme, Musik und das Leben, dass ich einige Zeit später, nach der ersten großen Krise mit Franz, Ralf anrief, weil ich jemand zum Reden brauchte; danach bin ich in Waders Klub mitgegangen, wo ich auch den Ivica kennenlerne. Die Beziehung zu Ralf entwickelt sich im selben Tempo, mit dem sich meine Ehe mit Miesenböck dem Ende zuneigt. Als der mich das erste Mal schlägt, habe ich in Ralfs Armen geweint. Und dann habe ich sein Gesicht mit beiden Händen gepackt und ihn geküsst. Ralf denkt nicht nach, küsst mich … und dann ist es schön.«

Diese Geschichte überwältigte Fred Dreier.

»Und Franz hat nichts begriffen, er war so blöd wie seine Partei, ich hab ihn angeschrien: Du bist mit einer Ausländerin verheiratet! Und ich bin ausgezogen, teile mir mit einer Freundin eine Wohnung in Linz. Es ist sehr schön, aber halt auch teuer. Franz will sich nicht scheiden lassen, er glaubt immer noch … egal.«

Fred saß da, hörte zu und hatte nichts zu sagen. Bevor er sie nach ihrer Meinung zum Motiv von Ivicas Anklage fragen konnte, sah sie auf ihre Uhr, sprang auf und sagte, dass sie zurück in ihr Büro müsse. Dreier sah ihr nach – und er wusste, dass das Wichtigste noch nicht gesagt worden war.

3

Er läutete eine halbe Stunde später an der Tür zur Wohnung von Drago Kuncz. Der öffnete erst nach dem zweiten Läuten, gerade als Dreier sich wegdrehte, um zu gehen. Und er freute sich nicht, Fred zu sehen; zum ersten Mal, seit sie einander kannten, hatte er in seinem Gesicht kein Lächeln für ihn. Er sah an Dreier vorbei und dann auf dessen Schuhe. Dann bat er Fred nicht hinein, sondern fragte, was er wolle – schon wieder, klang an, ohne dass er das sagte. Und das ärgerte Dreier. Als hätte er ein schlechtes Gewissen, dachte Fred und sagte: »Wir müssen reden«, trat dabei einen Schritt auf ihn zu, drängte ihn fast zur Seite, weil er nicht schnell genug auswich, und ging vor ihm her in die Küche, setzte sich an den Tisch. Drago folgte schweigend.

Dann saßen sie einander gegenüber. Fred fragte nicht, warum er ihm bei ihrer Begegnung auf der Kreuzung Ivicas sportliche Krise so drastisch beschrieben hatte, sondern hatte eine Idee, für die ihn der Kriminalist Fabian Pitter loben sollte, denn er sagte: »Wer war Ivos Freundin? Was weißt du über diese Frau?«

Drago starrte ihn an. Überrumpelt. Über Liebe, Gefühle oder Beziehungen hatten Fred und er bei ihren Projekt-Gesprächen nie gesprochen. Drago fasste sich schnell, und plötzlich trat ein Grinsen auf sein Gesicht, nicht die Schwiegervaterfreude über das Liebesglück des Sohnes, sondern da war etwas Böses, als er sagte: »Schlampen. Alle Schlampen. Nutten. Nix gute Frauen. Nicht eine, sondern waren viele. Schlechte Weiber, hatten keinen Glauben, hatten nichts, verheiratet, nur ficken, haben es nicht besser verdient. Und Ivo ein Mann. Richtiger Mann. Du verstehst?«

Fred verstand ihn und fragte nach Namen, die der Vater nicht kannte oder nicht nennen wollte.

»Ha, da Weiber dabei, können Ivos Mutter sein, verheiratet, keine Sitten, diese Weiber. Ich katholisch, Bibel sagt, einen anständigen Mann geht des Nächsten Frau nix an, aber Ivo jung, diese alten Weiber hatten leichtes Spiel mit so jungen Kerl.«

Dreier hörte diesen Vater reden und verstand, dass dieser stolz auf den Erfolg seines Sohnes bei Frauen jeden Alters war. Fred fragte Drago nach seiner Frau; als der sagte, dass sie gerade viel zu tun und keine Zeit für einen Kaffee hätte, stand Dreier auf und wusste, dass zwischen ihnen alles gesagt war; die Frage, warum er ihn nach ihrer Begegnung auf der Kreuzung angelogen hatte, stellte Fred Dreier nicht, weil er keine Lügen mehr hören wollte. Und er begriff auf der Fahrt ins Hotel, dass er ein Mordmotiv gehört hatte, denn dass Eifersucht so etwas wie der Motivklassiker war, wusste er auch, ohne sich jemals Fernsehkrimis angesehen zu haben. Über die Zweifel am Suizid seines Sohnes sagte Fred dem Vater nichts, dazu würde noch Zeit sein, vielleicht am Sonntag, nach der Messe.

In der St. Quirinus Kirche von Kleinmünchen.

Dort stand Dreier unbemerkt im Hintergrund neben dem Eingang und hörte dem serbokroatisch gesprochenen Gottesdienst zu. Und er sah, dass alle da waren: Drago, seine Frau und viele Leute, die Fred nicht kannte. Das Gotteshaus war bis auf den letzten Platz gefüllt und in der Mitte des Ganzen saß ein etwa fünfundvierzigjähriger Mann, bärtig, in einem Anzug, mit einer Uhr an der Hand, der anzusehen war, dass ihr Träger Geld hatte; er war als Letzter gekommen, und Dreier hatte am Eingang stehend gesehen, wie er vor der Kirche geparkt hatte, auf einem für ihn frei gehaltenen Parkplatz, inmitten der rund um die Kirche restlos zugeparkten Fläche; auch die zwei Plätze für ihn und seine Frau in der Mitte der voll besetzten Bankreihen waren frei gehalten worden, man war zur Seite gerückt, aufgestanden und nach hinten gegangen, man hatte ihm Platz gemacht, mit scheuen Blicken, die sagten, dass man das gerne getan hatte.

Fred sah die Frau dieses Mannes und musste lächeln, er war fasziniert davon, dass dort die große Schwester von Danuta zu sitzen schien. Sie war im Alter ihres Mannes. Dreier erinnerte sich an Dragos Gerede und hatte sofort einen Verdacht. Er schlich aus der Kirche und blieb vor dem Auto dieses Chefs stehen. Und staunte. Ein dicker Schlitten. Audi. Doch Fred Dreier sah nur die Ustascha-Wappen, zwei kleine an den Vordertüren und das große auf der Kühlerhaube des Wagens. Und plötzlich dachte er, dass dieses Auto und sein Besitzer etwas mit Ivicas Schicksal zu tun hatten.

Dreier wartete vor der Kirche auf das Ende des Gottesdienstes. Er stand im Schatten, wusste nicht, warum und worauf er wartete, aber er brachte es nicht über sich weiterzugehen, das wäre ihm wie Davonlaufen vorgekommen, außerdem: Wo hätte er hingehen sollen? Seit seinem Auszug von zu Hause ging er nicht mehr heim. Beim Anblick dieser Kirche spürte Fred etwas wie Erleichterung darüber, dass er nie ein Heim gehabt hatte; das Haus, in dem er dreiundzwanzig Jahre lang gelebt hatte, gehörte seiner Frau Helene, deren erster Mann es ihr gebaut hatte. Und wie so oft in den letzten Tagen dachte er: Kein Selbstmord bedeutete Mord, das bedeutete, dass es den Grund seiner Verzweiflung nicht mehr gab, so wenig wie seine Ehefrau. Er war ein freier Mann und hatte die Chance, den größten Fehler seines Lebens zu korrigieren und Fragen zu klären: warum dieser demonstrative Mord? Wer wirft einen Handballspieler vor den Zug? Welcher Hass treibt einen Menschen dazu, auf so grausam spektakuläre Art zu töten? Warum hat es nicht genügt, Kuncz zu erschlagen oder zu erschießen? Welches Zeichen sollte hier – für wen? – gesetzt werden? Und warum diese Lügen? Warum setzt sich ein junger, erfolgreicher Sportler im Fernsehen hin und erzählt eine Opfergeschichte, die ihm nicht nur ich, sondern Hunderttausende Menschen des Landes geglaubt haben?

Fred Dreier hatte zu diesen Fragen einige Ideen.

4

Zwei junge Männer wälzten sich im Regen auf dem Asphalt.

Der Parkplatz vor der Halle des Sportzentrums, in der die Handballspiele und das Training Ivicas stattgefunden hatten, stand unter Wasser. Die Kämpfenden schlugen mit Fäusten aufeinander ein, ihre Freunde standen um die beiden herum und feuerten sie an, bis ein Pfiff ertönte. Ein Mann im Trainingsanzug stürzte schreiend aus dem Haus. Fred saß in seinem Auto, beobachtete und erkannte Ivan Kavcic, den Trainer. Die zwei ließen voneinander ab, richteten sich auf, begannen zu lachen und klatschten ab.

Dreier stieg aus und eilte durch den Regen zur Tür der Halle.

Der Trainer erkannte und begrüßte ihn; Trauer war in seinem Gesicht zu erkennen, als er sagte, wie leid es ihm tat, dass Ivo nun auch noch sein Leben weggeschmissen hatte. Und er sagte, dass der eine der beiden, die sich vorhin im Regen prügelten, Conny Setzer, mit Ivica in der Jugendmannschaft gespielt hatte. »Mit dem müssen Sie reden, der ist gescheiter als alle diese Burschen und er kannte Ivo besser als die anderen, ich glaube, der hat ihn von allen am besten verstanden.«

Setzer öffnete eine halbe Stunde später Dreier die Tür zu seiner Wohnung.

Er stand ihm mit vor der Brust verschränkten Armen gegenüber und sein Blick fragte: Was willst ausgerechnet du von mir? – Er sagte stattdessen: »Woher weißt du, wo ich wohne?«

»Von deinem Trainer.«

Fred Dreier stellte sich vor, Conny drehte sich wortlos um und ging weg. Dreier folgte ihm durch ein Vorzimmer in einen großen Raum mit Aussicht auf den Dom und die Altstadt. Setzer war in der Küche verschwunden. Dreier hörte ihn, setzte sich auf einen der zwei Stühle und sah um sich und dachte, dass dieses Interieur nicht zu einem Siebzehnjährigen passte. Irgendwann kam Setzer mit einem Salat, Brot und einem isotonischen Getränk in das Wohnzimmer, setzte sich an den Tisch und sah Dreier an.

»Sie haben mit Ivica Kuncz in einer Mannschaft gespielt. Wie sehen Sie seine Anklage?«

Der Junge schüttelte den Kopf. »Warum interessiert dich das? Du hast ihn zum Star gemacht und Super-Ivo hat das nicht gebracht.«

Zorn packte Dreier auf diesen Schnösel, der wie selbstverständlich Du zu ihm sagte. Er wurde laut: »Ralf Waders Pfarrhof ist abgebrannt, und Ivica ist tot! Wie blöd muss man sein, um die Geschichte deines Mitspielers so zu sehen?«

Fred stand auf und begann, im Raum herumzugehen.

Conny Setzer saß erschrocken da und sah zu ihm auf. Er senkte den Blick und sagte: »Ivica hätte sich von niemand missbrauchen lassen, das können *Sie* mir glauben.«

Dreier setzte sich ihm gegenüber an den Tisch.

»Was Sie in Ihrem Flüchtlingsbuch geschrieben haben, stimmt schon. Man kann Ivica so sehen. Er war der Erste beim Training und der Letzte unter der Dusche, er war der Beste, aber er hat sich verändert. Der duldete dann niemanden neben sich. Musste die

Nummer eins sein, im Sport, bei den Mädels, bei diesem Pfarrer, überall; und er war kein Teamspieler. Wir haben in der Jugendmannschaft miteinander gespielt, ich habe den Sprung in die erste Mannschaft nicht geschafft; er schon, und er bildete sich dann ein, in einer anderen Welt zu leben.«

Dreier fragte Conny, ob er einen der Fernsehbeiträge gesehen hätte.

»Ja. Alle«, er atmete tief durch. »Ich kenne Ralf Wader, war früher ein paarmal in seiner Jugendgruppe; Nick, Ihr Sohn, hat mich irgendwie dazu überredet. Aufgefallen ist mir, dass da keine Mädchen waren, das war seltsam, mich hat diese Männerrunde nicht interessiert, aber ich hab keine Ahnung, was zwischen Ivica und dem Pfarrer gelaufen ist.« Er dachte lange nach und sagte: »Ich nehme an, Sie kennen die Gesellschaft, in der Ivica sich bewegt hat. Haben Sie schon einmal versucht sich vorzustellen, wie es ihm in diesem Umfeld ergangen wäre, wenn er, also wäre er da anders gewesen, Sie wissen, was ich meine. Der hätte da sicher ein Riesenproblem gehabt.«

Dreier nickte und sagte, dass Trainer Kavcic ihn an ihn verwiesen habe, weil Setzer intelligenter und einfühlsamer als alle anderen Spieler sei. »Sie haben Ivo angeblich am besten von allen gekannt.«

Setzer lächelte. »Oh, danke, so ein Kompliment von

Ivan hätte ich nicht erwartet.« Er stand auf, trat ans Fenster und schwieg mit Blick auf den Dom. Dann drehte er sich um und sah Fred Dreier gerade an: »Ich weiß nicht, ob sich der Herr Pfarrer mit Ivo im Beichtstuhl einsperren lassen hat, aber ich weiß mit Sicherheit: Ivica war kein Selbstmörder, nie hätte ich das von ihm erwartet. Im Gegenteil.«

Dreier sah ihn fragend an.

»Dass der sich vor den Zug wirft. Also das halte ich für ausgeschlossen, hätte ich, muss es natürlich heißen. Ich hab das im Fernsehen gesehen. Aber ich verstehe das nicht, kann mir das einfach nicht vorstellen. Was kann Ivo für ein Motiv gehabt haben? Ich hab natürlich auch mit Nick darüber geredet, niemand versteht das. Und ich kann Sie beruhigen, Sie haben ihn nicht in den Tod getrieben, das ist Blödsinn.«

»Im Gegenteil?«, sagte Dreier.

Setzer lachte. »Na, Ivo war kein Opfer, wenn dem jemand blöd kam, dann flogen die Fetzen und der Angreifer hatte ein Problem.«

Conny setzte sich Dreier gegenüber an den Tisch. »Herr Professor, über Tote soll man ja nicht schlecht und so weiter, aber Ivica, haben Sie ihn einmal spielen gesehen? Der war knallhart, der konnte, wenn's sein musste, brutal werden, richtig brutal, ich hab's mit eigenen Augen erlebt«, sagte Conny Setzer. Dass er Ivo bewunderte – obwohl er es nicht in die erste

Mannschaft geschafft hatte –, war nicht zu überhören; dass er sich in den folgenden Minuten während des Redens mit der Hand über beide immer feuchter werdende Augen rieb, als wäre ihm etwas hineingeflogen, fiel Dreier auf, ohne dass er darauf einging. Es war Conny ein Bedürfnis zu reden.

»Ich habe nichts verstanden, weil die in ihrer Sprache geredet haben; aber da waren einmal zwei Typen, älter als Ivo, ich schätze Mitte zwanzig, sahen zum Fürchten aus, die haben nach dem Training vor der Halle auf ihn gewartet, sind aus einem dicken BMW gesprungen, auf der Kühlerhaube hatte diese Kiste ein riesiges silbernes U mit einer Granate, aus der Flammen züngeln, aufgefallen sind mir diese Consdaple-Sweater, Sie werden ja wissen, dass heutzutage Neo-Nazis diese Sachen anziehen, und die zwei sahen auch so aus; der eine mit einem schönen Rechtsscheitel, der andere mit einem Irokesen. Durchtrainiert, Bodybuilder-Figur, aber da ist ja bekanntlich nicht viel dahinter. Die stellten sich Ivo in den Weg und schrien ihn an, doch das hätten sie besser nicht getan.« Conny lachte. »Ich ging zwei Schritte hinter ihm, stellte mich darauf ein, dass ich da auch was zu tun bekäme, aber Ivo brauchte mich nicht. Der trat dem ersten zwischen die Beine und dem zweiten schlug er mit der Faust mitten ins Gesicht; er hat ihm die Faust richtig reingerammt, dass das Blut nur so aus der Nase geschossen ist, und das war so schnell vorbei, dass ich das alles nicht einmal richtig mitbekommen habe, das waren Sekunden. Danach sind wir weitergegangen und haben die zwei einfach liegen gelassen. Ivica hat dann im Bus gelacht, wild gelacht, und gesagt, dass das Abschaum war, zwei Idioten, für die er sich schämen muss. Ich hab auch gelacht und vergessen, ihn was zu fragen.«

Fred Dreier hörte zu und hatte das Gefühl, etwas Entscheidendes gehört zu haben, ohne zu wissen, was das genau war. Er stand auf und ging die paar Schritte ans Fenster. Ihm gefiel die Aussicht über die Stadt. Er sah den Dom und wurde ruhig. Dann bedankte er sich für das Gespräch. Setzer begleitete ihn zur Tür, wo sie sich einander mit Handschlag verabschiedeten; schon im Weggehen hielt Dreier inne, drehte sich um und sagte: »Ich heiße Fred.«

Der lachte. »Danke, ich bin Conny.«

5

Fred betrat die Ruine des Pfarrhofs von Ralf Wader.

Erst als er hier angekommen war, wusste er, dass dieser Ort sein Ziel war. Das Haus ohne Dach wirkte im hellen Tageslicht größer. Man hatte aufgeräumt. Alles Verbrannte war entfernt worden, der rußschwarze Rest – Bücherregale ohne Inhalt, seltsam verzerrt geschmolzene Fenster- und Türrahmen aus Kunststoff, Reste des Parkettbodens – vermittelte ein Gefühl der Trauer.

Danuta Miesenböck stand in der Küche, in der sie an jenem Abend zu dritt gesessen waren und Schnitzel gegessen hatten. Sie wirbelte herum, als sie jemand hinter sich hörte. Dreier und die Frau standen einander gegenüber. Sie hob in einem Reflex ihre Hände vors Gesicht, lächelte und ließ sie wieder sinken. Fred spürte ihre Einsamkeit und machte einen Schritt auf sie zu. Aus der Nähe sah er, dass ihr Gesicht blau war. Wange, Lippen und ein Ohr geschwollen, ihre Augen waren hinter einer breiten Sonnenbrille versteckt.

Sie wandte ihm den Kopf zu. Sie schwieg. Wartete.

Die schwarzen Flächen ihrer Brille reichten in die Mitte ihrer Wangen. Fred sah ihre Augen nicht und senkte seinen Blick auf den verbrannten Boden. Sie standen einander schweigend gegenüber. Danuta schüttelte den Kopf und atmete schwer, ohne einen Satz über ihre Lippen zu bringen. Fred hob seine Hand, um sie tröstend auf ihre Schultern zu legen, doch sie kam ihm entgegen, erleichtert darüber, dass jemand ihr helfen wollte. Sie umarmten einander. Standen inmitten dieses Brandortes und hielten einander fest.

Sie gingen in das Café am Hauptplatz. Dort erzählte Danuta Miesenböck, dass sie am Tag von Dreiers Besuchs bis zehn Uhr abends geblieben und dann in ihre Wohnung gefahren war, weil Ralf es sich nicht leisten konnte, dass irgendjemand aus dem Dorf sie in der Früh aus dem Pfarrhof kommen sah. Bevor Fred nach ihrem Ehemann fragen konnte, sagte sie, dass er von einem anderen Mann wusste, aber dessen Identität nicht kannte, sie war vor sieben Monaten von zu Hause ausgezogen, ihre Geschichte mit Ralf hatte erst vor drei Monaten begonnen, sie waren kein einziges Mal gemeinsam in der Öffentlichkeit zu sehen gewesen. Darauf hatten sie geachtet.

»Franz hat Ralf gehasst, verzweifelt gehasst. Er hat das Regionalfernsehen engagiert, die mussten ihn befragen, damit er über das Projekt von Ralf schimpfen konnte, dann, als dieser Junge das alles gesagt hat, hat er über Sie geschimpft, Sie wären ein gottloser Lehrer, vor dem man, Blödsinn, ich will darüber nicht reden. Wenn der das von mir und Ralf gewusst hätte, der hätte, ich will das gar nicht sagen. Ich muss zugeben, als ich vom Brand gehört habe, da dachte ich zuerst, er war's, aber er kann's nicht gewesen sein, weil er war bei seiner Mutter an dem Tag.«

Fred sagte, dass er ihren Mann im Fernsehen gesehen hatte.

Sie lachte müde. »Franz hat Probleme wegen diesem Haus, das ihm gehört und das er vermietet hat, jetzt ist dort ein Bordell, und seine Partei macht ihm Schwierigkeiten, die wollten ihn ausschließen, da war er fertig, die Politik ist sein Leben, da wusste er einfach nicht weiter. Er tut mir leid, aber ich empfinde nichts mehr für ihn. Er verweigert mir die Scheidung, hat bis heute nicht begriffen, dass es zwischen uns aus ist, es aus sein muss, der glaubt, dass ich mich mit ihm da in die Bierzelte zu den Veranstaltungen seiner Partei reinsetze und dazu klatsche, wenn diese Leute …«

Dreier fragte nach Anselm Fürst.

»Ja, das war der einzige Mensch, der von uns wusste, und außerdem der einzige Mensch, den Ralf als Freund bezeichnete, völlig ausgeschlossen, dass der irgendjemand etwas erzählt hätte.« Sie schwieg, sah dann Fred ins Gesicht und sagte nach einer Weile, dass sie Ivica Kuncz von allen Menschen den Verrat ihrer Beziehung zu Ralf am ehesten zutraute.

Dreier sah sie an – und er sah dieses Lächeln, das über ihr Gesicht huschte, als sie etwas sagte, das nicht zu diesem Lächeln passte: »Ivo ist ein Lügner.«

Sie nennt ihn beim Kosenamen, dachte Fred. Und spürte, dass sie reden wollte. Er sah sie an und nickte ihr zu. Und da erzählte Danuta, dass sie bei ihrem ersten Besuch im Jugendklub, das war kurz nachdem ihr Wader in dieser Kirche vorgestellt worden war, da hatte sie auf den ersten Blick gesehen, dass dieser Junge etwas ganz Besonderes war. »Selbstbewusst, aber nicht dumm und dreist wie seine Altersgenossen, er wollte arbeiten, sah Erfolg als Sinn des Lebens und hatte ein egomanisch anmutendes Selbstverständnis, nur Leistung beeindruckte ihn. Abspielfehler, technische Fehler, Fehlwürfe der anderen ärgerten ihn, nur diesem großartigen Trainer Kavcic war es zu verdanken, dass seine Mannschaft ihn akzeptiert hat.«

Fred hörte zu und dachte, dass Danutas Aussage über Dragos Sohn mehr bedeutete, als er verstand. Er sah sie an – da hob sie beide Hände vor dieses Gesicht, das ihm so gut gefiel, und rief mit gegen die Decke gewandtem Kopf aus: »Nein! Nie hätte ich mich dazu hinreißen lassen dürfen!«

Die zwei alten Frauen im Café hörten auf, in ihrer Tasse zu rühren, und drehten sich zu ihnen um. Frau Miesenböck war in diesem Moment allein auf der Welt. »Er war siebzehn, ich einunddreißig, aber er hatte das Ego eines Erwachsenen. Und dieses saublöde balkanische Männerbild. Er dachte, dass ich mich auserwählt fühlen musste, weil der große Herr mir die Ehre erwiesen hatte, mich zu … Was zugegeben ein Spaß war, aber mehr nicht, ich nehm doch so einen Buben nicht ernst. Sagte ihm das auch. Da bricht der in Tränen aus. Haut sich vor mir auf den Bauch. Ein irres Theater. Gott sei Dank hatte ich damals beruflich in London zu tun, war fast ein halbes Jahr weg, und bei ihm ging es mit dem Handball so richtig los. Da hatte er keine Zeit. Und ich lernte Ralf kennen. Wir waren so glücklich.« Sie sah Dreier ins Gesicht. »Das hast du doch selbst gesehen.«

Fred erschrak über ihr erstes Du. War glücklich, stotterte, nickte: Ja, ja, klar doch.

»Doch dann stand er eines Abends wieder in der Pfarre. Ich war damals schon mit Ralf zusammen. Frisch verliebt. Plötzlich steht der wieder da und will mich. Sagt, dass er jetzt ein richtiger Mann ist, dass er berühmt ist, Profi, große deutsche Klubs wollen ihn haben. Und er will mich haben. Ralf hat sich großartig verhalten. Ich hab ihm gesagt, was da einmal vor seiner Zeit war, und das war kein Problem für ihn. Aber Ivo stürmt aus dem Haus, knallt die Tür zu. Und sieben Wochen später sitzt er uns im Fernsehen gegenüber und erzählt diese ungeheuerlichen Lügen. Ralf war fertig. Aber wir wussten sofort, warum er das tat.« Danuta sah Fred Dreier an. »Und du weißt das jetzt auch.«

Fred nickte. Saß da. Hätte eigentlich aufstehen und sich verabschieden können; aber irgendwas ließ ihn sitzen bleiben, ließ ihn hier verweilen bei Danuta. Er hatte das Gefühl, dass die Frau noch etwas sagen wollte und sagte: »Danke für dein Vertrauen.« Er sah durch das Fenster auf den Marktplatz. »Ich war mit dem Kriminalpolizisten Fabian Pitter am Todesort von Ivica; es gibt Indizien, die gegen einen Selbstmord des jungen Mannes sprechen.«

Da sagte Danuta, ohne nachgedacht zu haben, mit einem kurzen Auflachen in ihrer Stimme: »Ich kann mir schon vorstellen, wer es auf unseren Ivo abgesehen hatte.«

Fred starrte sie an.

Sie lehnte sich zurück. »Nicht alle Männer haben so viel Verständnis wie Ralf. Mindestens drei Leute, die nichts von meinem Ausrutscher mit Ivo wissen, haben mir im Klub von seinen Eroberungen erzählt; beeindruckend, muss ich ihm lassen. Frauen haben sich bei ihm angestellt. Er hat genossen, aber noch nie gehört, dass ein Kavalier auch genießt und vor allem schweigt. Und ich kann mir vorstellen, dass er mitunter in den falschen Gärten gewildert hat.« Sie antwortete auf seinen fragenden Blick: »Dass er sich mit der Frau dieses Unternehmers eingelassen und damit überall angegeben hat, war keine gute Idee.« Noch bevor Dreier fragen konnte, sagte sie: »Der Mann heißt Markovic, Dusan, eine große Nummer in der kroatischen Community hier in der Stadt. Ich, also die Firma, in der ich arbeite, hatte mit dem schon ein paarmal geschäftlich zu tun. Und das war mühsam, grenzwertig, Markovic ist Geschäftsmann, skrupellos, niemand weiß, wie viel Geld der wirklich hat. Er handelt mit allem, was aus dem Balkan nach Europa importiert wird; wir haben seinen Handel mit Spirituosen abgewickelt, also Slibowitz und solche Sachen; wir *durften* das machen, wenn nicht wir, dann eben wer anderer, das war das Gefühl, das uns der Herr bei jeder Gelegenheit vermittelt hat. Keine Ahnung, womit der sonst noch Geschäfte macht, angeblich auch mit Waffen, aber es gibt bei solchen Leuten viel Gerede, da spielt immer auch der Neid eine große Rolle.« Sie lachte, als ihr noch etwas einfiel. »Natürlich sponsert der alles Mögliche. Ob er den Handballern noch was gibt, weiß ich nicht, Ralfs Klub bekam von ihm bis zuletzt eine stolze Summe, mit der man etwas anfangen konnte – und so hat Ivica wohl auch irgendwie die Frau dieses Mannes kennengelernt.«

Sie stand auf und holte vom Zeitschriftenstapel des Cafés ein Exemplar des gratis an jeden Haushalt verschickten Stadt-Magazins, in dem ein Bericht über Ralf Waders Klub abgedruckt war. Sie schlug das Blatt auf, hielt es Dreier hin und zeigte auf ein Foto eines ganzseitigen Berichts. Fred sah den Mann und die Frau, denen am Sonntag in der Kirche alle Platz gemacht hatten – sie stand lächelnd da, Herr Markovic überreichte dem Priester einen Riesenscheck, auf dem die Zahl fünfzehntausend und ein Euro-Zeichen gut zu erkennen waren. Fred fragte nach der Ustascha. Danuta hatte keine Ahnung. Zuletzt lächelte sie und sagte: »Entschuldigen Sie bitte mein Missgeschick, das Du ist mir nur rausgerutscht.«

Fred gab ihr zum Abschied zwei Küsschen auf die Wange. »Wunderbar, du, das passt so.«

6

Fabian Pitter rührte schweigend in seiner Kaffeetasse.

Er saß mit Dreier im Bahnhofscafé und Fred berichtete von seinen Gesprächen mit Drago, dem Handballtrainer Kavcic, Conny Setzer und von seinem Kirchenbesuch – seine Begegnungen mit Danuta schilderte er mit Gefühl und Zurückhaltung.

Fabian lobte Freds Ermittlungen und sagte: »Dein Freund Drago war als Vater überfordert. Sein Sohn hat randaliert, rebelliert, das glaube ich dem Vater aufs Wort. Der alte Herr hat die sportliche Performance seines Juniors als Abstieg empfunden. Mir haben Journalisten erzählt, dass Ivica bei Gesprächen mit finanzstärkeren Klubs erwischt worden ist, das sorgte für Ärger im Verein. Ivo hat eine Zeit lang nicht gespielt, weil der Trainer menschlich enttäuscht davon war, dass sein Junge, für den er so viel getan hatte, den er aufgebaut hatte, wegwollte, ohne ihm etwas davon zu sagen; das hat dir der Trainer nicht gesagt, weil das schnell bereinigt war. Und Wader war eine Zeit lang Zuschauer bei den Spielen und ein paarmal beim Training, weil er Ivo als Star in seinem Projekt verstärkt einsetzen wollte – obwohl er wusste, dass Ivo einmal mit seiner Freundin im Bett war. Und von deinem Sohn Nick weiß ich, dass Ivica keine Chance hatte, nie, keine Chance – gegen seinen Vater.«

Aber warum hat Drago mich angelogen?, dachte Fred, ohne die Frage auszusprechen.

»Ich habe auch mit deinem Sohn gesprochen. Deine Frau bat mich nicht ins Haus, sondern fragte, ob ich das dürfe? Sie saß dann neben deinem Sohn und der redete, als wäre er froh, sich endlich mit jemandem über eine komplizierte Angelegenheit aussprechen zu können. Nick erzählte von seiner Einladung bei Familie Kuncz. Für ihn ein Wahnsinn. Die Mutter sagte kein Wort, war wie ein Geist, der köstliches Essen auf den Tisch stellte und dann alles wegräumte. Geredet hat nur Drago. Und das war teilweise sehr interessant. Nick interessiert sich für Geschichte, und über den Jugoslawienkrieg wusste Drago viel, Tito war sein Held, Kroate so wie er und die Seinen. Aber als er mit der Religion angefangen hat, ein Kreuz von der Wand genommen und mit beiden Händen in die Höhe gehalten und was gesungen hat, da hat Nick gelacht, auch Ivica konnte sich nicht beherrschen, sie haben beide gelacht, und plötzlich springt der Alte auf und haut dem Ivo eine rein, schreit ihn auf Kroatisch an. Nick ist danebengesessen und hat den Hass in Dragos Augen gesehen. Ihm war das peinlich und er ist so schnell wie möglich gegangen.«

Fred Dreier lächelte. »Mir hat er das nicht erzählt.«

»Ist doch klar, du bist sein Vater. Nick hat mir auch erzählt, dass die Mädels total auf Ivo gestanden sind, die sind zu jedem Match gekommen und haben gekreischt, auch er war ein paarmal da und hat gesehen, dass Ivo ein Wahnsinn war, richtig gut. Und die Buben waren alle heiß auf ihn, weil sie bei den Mädels keine Chancen hatten und Ivo ihrer Meinung nach ein Angeber war, der auf Star machte, aber laut deinem Nick stimmt das nicht, er findet, Ivo war in dieser Hinsicht schwer in Ordnung. Er hat alle Fernsehberichte gesehen und kann nicht glauben, dass der Pfarrer *so* einer war. Er hat einmal seine Freundin in den Klub mitgenommen, und das war richtig peinlich, weil alle sich um sie gedrängt haben. Und der Pfarrer hat auch getan, als ob er was von ihr wollte.«

Mir hat er diesen Besuch anders beschrieben, dachte Fred.

»Nick hat Wader mehrmals mit einer Frau gesehen, die draußen vor dem Klub in einem Auto auf ihn gewartet hat. Und Nick kann sich nicht vorstellen, wer Wader nicht mochte. Den Ralf haben alle gemocht. Geliebt. Deinen Sohn hat das gewundert, er hat den Pfarrer respektiert, aber er war kein Fan, was mir ehrlich gesagt sehr sympathisch ist.«

Fred hatte gefallen, dass Fabian seinem Ermittlungsbericht fasziniert zugehört hatte. Als hätte Fabian diesen Gedanken gelesen, sagte er: »Solltest du einmal genug von der Schule haben, wechselst du zu uns, du hast Talent.«

»Danke fürs Angebot, mir fehlen noch zwölf Jahre bis zur Pension, da geht sich die Kripo nicht mehr aus.«

»Ich nehme dich mit zu einer Befragung, und du wirst das niemandem sagen.«

7

Eine halbe Stunde später standen sie vor der Tür eines prächtigen Hauses.

Es passte nicht zu den anderen Häusern in seiner Nachbarschaft. Auch die anderen Gebäude am Linzer Pöstlingberg mit dem besten Blick auf die Stadt waren teuer, aber das Haus von Dusan Markovic war anders, die Zeitungs-Kommentare über das Design reichten von »architektonische Geschmacksverwirrung« bis »Bauschande«; dass der Mann die für einen Bau in dieser Lage erforderlichen behördlichen Bewilligungen bekommen hatte, empörte alle Nachbarn und gab Anlass für Schmiergeld- oder Erpressungsgerüchte. Fakt war, dass der feine Herr nicht immer so nobel gewesen war und aus seiner Zeit im Rotlichtmilieu eine Menge über einflussreiche Männer – nicht nur im städtischen Bauamt – wusste. Keiner konnte es sich leisten, dass diese Dinge in der Zeitung standen.

Die Selbstverständlichkeit, mit der ihn Fabian zu dieser Befragung mitnahm, war der Beginn von Freds letzter großer Freundschaft. Auf der Fahrt zu ihrem Ziel einigten sie sich darauf, dass Pitter die Gesprächsführung übernahm, er würde Fred als mit dem Fall Ivica Kuncz befasster Kollege und Gesprächszeuge vorstellen, das sei durchaus im Sinn der Befragten, falls jemand die Ausweisleistung verlangte, würde sein Führerschein mit dem eingetragenen akademischen Titel genügen. »Deine Zeugenschaft ist wichtig. Mir ist es schon einmal passiert, dass einer dann sein ganzes Geständnis abgestritten hat, und Frau Markovic braucht nicht zu wissen, dass wir unser Gespräch mit unseren Telefonen aufnehmen. Ich arbeite nicht nur mit Mini-Disc und weiß schon, wie moderne Technik funktioniert, auch wenn mir diese Sachen unsympathisch sind, keine Ahnung warum.«

Fabian parkte am Fuß des Grundstücks. Sie gingen über eine breite, gepflasterte Auffahrt, die in zwei weiten Bögen von links und rechts sich vor dem Eingangsportal wieder trafen. Fred ließ seinen Blick über das Anwesen schweifen: Die Terrasse hatte die Größe eines Handballfeldes, das Haus selbst zwei Stockwerke aus Beton und Glas, eine Wand aus Panoramafenstern mit Blick auf die Stadt, ein Erker links und einer rechts, die Farbe der Wände reichte von rot bis rosa, das Geländer war weiß gestrichenen und besaß goldene Löwenköpfe und kleine Golddrachen. Fred und Fabian sahen einander an und mussten lachen, dann trat Pitter vor und läutete.

Beethovens Fünfte – und Sirenen erklangen!

Nur kurz. Als wäre sie wartend hinter der Tür gestanden, öffnete ein schwarz gekleidetes Mädchen mit Schürze und Häubchen – und sagte nichts.

Die zwei Männer standen ihr gegenüber und schafften es, nicht in Gelächter auszubrechen. Pitter wandte sich der jungen Frau zu, stellte sie beide wie vorher besprochen vor und bat um ein Gespräch mit der Frau des Hauses, es würde nicht lange dauern, aber die Klärung dieses Sachverhalts duldete keinen Aufschub und würde wahrscheinlich auch Frau Markovic interessieren, es ging um einen ihr nahestehenden Menschen.

»Nicht da«, sagte das Mädchen mit Roboterstimme. Und knallte die Tür zu.

»Blödsinn!«, schrie drinnen eine Frau. Schritte stöckelten näher, die Tür wurde aufgerissen und eine teuer und bunt gekleidete, stark geschminkte Frau stand vor ihnen: »Wer soll das sein? Mir steht niemand nahe, sondern mir steht alles bis hier«, wobei sie ihre Hand, in der sie eine Zigarette hielt, in den freien Raum über Freds und Fabians Köpfen hielt und ihnen einen Schritt entgegentrat, mit Schwung, leicht wankend.

Pitter lächelte. Nickte der Frau zu, als würde er einen Knicks machen.

Auch sie lächelte, trat den einen Schritt zurück, holte mit der Hand, in der sie die Zigaretten hielt, nach hinten aus, wobei sie sich wegdrehte, als würde sie sagen: Treten Sie näher.

Pitter wehrte mit »Bitte, nach Ihnen« ab und drängte die Hausherrin zurück in ihr Anwesen. Sie folgte seiner Aufforderung und die zwei Männer gingen hinter ihr her auf einem Klinkerboden durch eine fensterlose, aber dennoch sehr helle Halle, in der eine Herde Elefanten Platz gefunden hätte. Während Fred versuchte, sich über die räumliche Situation klar zu werden, und verstand, dass über ihnen die Terrasse lag, warf sie im Gehen ihre rauchende Zigarette zur Seite, den Kopf in den Nacken und schrie: »Kaffee! Ich will Kaffee!«

Da öffnete sich vor ihnen die Wand, glitt in zwei Teilen auseinander, das Mädchen stand dahinter, verneigte sich mit Kratzfuß und wies auf einen niedrigen Tisch, auf dem eine Kanne, drei Tassen, Milch und Zucker und um den weiße Ledermöbel standen. Die Herrin sank auf das Sofa, gähnte, das Mädchen schenkte ihr eine Tasse Kaffee ein, die sie mit wenigen Zügen austrank; noch bevor das Mädchen die Besucher fragen oder einschenken konnte, streckte ihre Chefin ihr die leere Tasse entgegen, sodass sie zuerst diese wieder auffüllte, bevor Fabian und Fred Kaffee bekamen.

Fred trank mit Vorsicht und beobachtete beim Trinken Milena Markovic, fasziniert davon, wie heiß sie dieses Getränk konsumierte. Fabian grinste ihn an. Die Frau stellte ihre Tasse auf den Tisch und sank zurück, schloss die Augen und rief aus: »Wer? Wer soll das sein?!«

Fabian schwieg. Wartete, bis sie die Augen öffnete. Dann sagte er: »Wir reden von Ivica Kuncz.«

Diese Antwort elektrisierte sie. Plötzlich war sie da. Wie ausgewechselt und auf einen Schlag nüchtern. Sie neigte sich vor und sah gerade in Pitters Gesicht. »Ach, und was wollen Sie da bitte schön wissen?«

Sie sprach gewählt, ihr Deutsch war akzentfrei, ein Migrationshintergrund, falls vorhanden, war gründlich gelöscht worden.

»Wie war Ihre Beziehung zu Herrn Kuncz?« Fabians Frage klang nach Mitgefühl.

Sie sah ihn überrascht an. »Das weißt du doch.« Bevor Pitter antworten konnte, hob sie die Hand: »Entschuldigung. Sie! Sie wissen das. Und Sie wissen, was passiert ist. Aber ich weiß nicht, warum wir hier sitzen, das war doch alles sogar schon im Fernsehen.«

Der Kriminalist nickte. »Im Fernsehen ist so viel zu sehen, das es in der Wirklichkeit gar nicht gibt. Über die Beziehung zwischen Ihnen und dem jungen Mann gab und gibt es viele Gerüchte, wir sind hier, um von Ihnen die Wahrheit zu erfahren.«

Sie lachte müde und sah zu Boden. Trauer war in ihrem Gesicht. Sie hob den Blick und sagte: »Ich bin vierzig, er achtzehn, das ist die Wahrheit.« Sie sah wieder zu Boden. »War achtzehn. Er war achtzehn und hatte alles noch … keine Ahnung.«

Mit der nächsten Ansage verblüffte Fabian Fred und die Frau. Er stellte keine Frage: »Es gibt das Gerücht über den Charakter Ihrer Beziehung zu diesem jungen Mann.«

Sie sah ihn verwundert an, verstand nichts.

»Man hat uns darüber informiert, dass die Beziehung von Ihrer Seite her – dass Sie nicht bereit waren, so weit zu gehen wie der männliche Teil.«

»Mann, was soll das denn heißen? Ich versteh nicht, was Sie meinen.«

»Es geht um Freiwilligkeit, Nötigung, Gewalt, entschuldigen Sie bitte, dass ich Ihnen diese Frage so direkt und ohne jede Rücksichtnahme stelle. Wurden Sie von Ivica Kuncz vergewaltigt?«

Milena Markovic lachte. Schallend. Sprang auf und begann, vor den Besuchern hin und her zu gehen. Blieb stehen, sah Pitter an und sagte: »Mich! Vergewaltigt! Niemand! Haben Sie das verstanden? Wer sagt so was? Ich will Namen und Adresse von diesem Menschen, aber sagen Sie mir lieber nichts, sonst sind Sie schuld, wenn ich hinfahre und ...«

Sie trat ans Panoramafenster und sah auf die Stadt. Schwieg. Dachte nach.

Fabian und Fred saßen auf Lederfauteuils, sahen zu ihr und tranken den köstlichen Kaffee. Irgendwann sagte sie zur Aussicht auf die Stadt: »Wir waren verrückt. Beide waren wir verrückt, zuerst. Dann war ich alleine verrückt, nach ihm.« Sie drehte sich um, sah die zwei Männer an, stand etwa fünf Meter entfernt von ihnen und sagte: »Vergewaltigung? Wer sagt das? Hat er das gesagt?« Sie lachte. »Ja, vielleicht hat er das so empfunden, vielleicht habe ich ihn vergewaltigt, aber es war wunderbar, wir waren wunderbar und es war schön. Dreimal. Mehr war nicht, er wollte nichts mehr von mir, weil er eine andere hatte. Ich hab die zwei gesehen, habe ihn verfolgt und habe alles gesehen. Und mir hat gefallen, dass sie nichts von ihm wollte. Einmal war er eine Nacht bei ihr, da ist er am Morgen aus ihrem Haus gekommen, das habe ich gesehen. Einmal. Aber er wollte trotzdem nichts mehr von mir.«

Es vergingen lange Momente, in denen die drei einander nicht ansahen, irgendwann sagte Fabian Pitter: »Wusste Ihr Mann von Ihrer Beziehung zu Herrn Kuncz?«

Sie lachte und schüttelte den Kopf. »Dusan weiß alles. Immer. Es gibt in meinem Leben nichts, das er nicht weiß. Und er weiß alles, schon bevor es passiert.« Dann ging sie, ohne die beiden weiter zu beachten, aus dem Raum und sagte beim Abgang: »Meine Herren, danke für Ihren Besuch, mehr habe ich nicht zu sagen, Sie finden alleine raus.«

Wie reagierte Dusan Markovic auf die Untreue seiner Frau?

Fabian und Fred besprachen den Fall auf der Fahrt in die Stadt: Kein Mann, sondern ein Junge hatte ihm Hörner aufgesetzt, das war eigentlich unmöglich, eine solche Schande war für ihn eigentlich unerträglich, jemand in seiner Position konnte dadurch auch ernste berufliche Schäden erleiden, denn so ein gehörnter Mann war eine Witzfigur, die niemand ernst nahm. Pitter sah auf die Straße und sagte: »So ein Mann kann diesen Jungen nicht aus Eifersucht umbringen. Vergeltung, Rache für eine Vergewaltigung, das ist dann eine andere Geschichte, alle sollen wissen, dass Dusan Markovic keine Polizei braucht, um ein Verbrechen an seiner Frau zu bestrafen.«

Fabian sah Fred einen Augenblick an. »Aber er hatte Helfer. Einen Spitzensportler zu betäuben, den Körper diesen Bahndamm hinaufzuschleppen und wie einen Sack vor den InterCity zu werfen, das schafft niemand allein. Die Tragik besteht darin, dass Ivo durch eine Verleumdung stirbt, nachdem er selbst Ralf Wader verleumdet hat.«

Pitter telefonierte nach dem Besuch bei Milena Markovic mit dem Büro ihres Mannes, doch der weilte im Ausland, war momentan nicht erreichbar und hatte keine Zeit, schon gar nicht für die Befragung in einer Angelegenheit, mit der er nichts zu tun hatte. Das zumindest meldeten dem Ermittler zwei Sekretärinnen.

Bei einem Drink in der Hotelbar am Abend dieses Tages sagte Fabian zu Fred: »Mir war vor dem Anruf klar, dass der nicht mit uns reden will, aber jetzt gibt's Gerede in seiner Firma. Sekretärinnen kennen alle und tratschen. Markovic hatte Helfer, vielleicht war er gar nicht dabei und hat das nur befohlen. Jetzt werden ein paar Leute unruhig.«

8

Jemand klopfte an die Tür von Fred Dreiers Hotelzimmer.

Samstagmorgen. Das war niemand vom Hotel. Fred erschrak, noch nie hatte ihn jemand hier besucht. Er öffnete und erschrak ein zweites Mal: Danuta Miesenböck stand vor ihm. Das Gesicht wieder hinter der Sonnenbrille versteckt, der Kopf versteckt unter einem Kopftuch, es war auf den ersten Blick klar, was mit ihr passiert war.

Er bat sie herein.

Sie setzte sich auf die Couch, ballte beide Fäuste und rief in die Morgendämmerung: »Ich bin so blöd! Wie alle Frauen, über die ich mich immer lustig gemacht habe.«

Fred nahm ihr gegenüber Platz und sah sie an.

Sie blickte ihm ins Gesicht und schüttelte den Kopf.

Fassungslosigkeit war in ihrem Gesicht. Und Zorn. »Er hat geweint, mich um Verzeihung angefleht, gebettelt, geschworen, dass er sich ändern wird, und ich habe ihm geglaubt. War nicht unglücklich. Drei Tage ging das mit uns irgendwie wieder. Er hat seine Arbeit für die Partei eingestellt, hat eingesehen, dass das zu einer Frau wie mir nicht passt. Aber dann fragt mich seine Mutter, was denn bei diesem Besuch ihres Franz bei diesem Pfarrer rausgekommen ist, sie hat sich nämlich gewundert, dass der damals so spät in der Nacht zu dem hingefahren ist. Ich habe nicht gewusst, dass Franz mit Ralf bekannt war und dass er ihn besucht hat, ich frage ihn, was er von ihm wollte, und plötzlich dreht er durch. Schreit mich an, was mich das angeht, dass ich mit diesem Pfarrer gefickt habe, ist eine Todsünde. Und dann schlägt er mir ins Gesicht. Verprügelt mich, sperrt mich ein, ich habe heute das Schloss mit einer Münze aufgeschraubt, konnte nur raus, weil seine Mutter keine Ahnung hatte, was sich zwischen uns abgespielt hat.« Danuta stand auf, stemmte die Hände in ihre Hüften und sah auf Dreier herab. »Sie wundern sich, dass ich ausgerechnet zu Ihnen gekommen bin.«

Fred sah sie an und lächelte.

Sie erinnerte sich an ihre letzte Begegnung und sagte mit einem Lachen: »Ich habe Vertrauen zu dir. Du hast einen Fehler gemacht und das zugegeben. Und ich bin heute hier, weil ich dich um deine Hilfe bitten muss.«

Sie setzten sich an den Schreibtisch. Danuta traute sich nicht mehr auf den Bauernhof zurück, gab Fred die Schlüssel zum Hof und eine schriftliche Vollmacht für die Übernahme ihrer Sachen. Sie sagte, dass sie ihren Mann wegen häuslicher Gewalt anzeigen werde, und bat Dreier, sie ins Spital zu begleiten. Auf der Fahrt dorthin sahen sie einander einmal in die Augen und wussten, dass sie denselben Gedanken – und Verdacht – hatten. Während ihre Verletzungen in der Notaufnahme behandelt und protokolliert wurden, telefonierte Dreier mit Fabian Pitter und berichtete ihm, was passiert und dass die Brandstiftung im Pfarrhof Ralf Waders wahrscheinlich aufgeklärt war.

Da Franz Miesenböck die Wohnung und die Freundinnen seiner Frau kannte, aber nicht wusste, dass Fred und Danuta miteinander bekannt waren, bot Dreier ihr nach dem kurzen Spitalaufenthalt an, bei ihm im Hotel zu übernachten – und zeigte dabei auf die Couch, wo er ruhen würde. Sie lächelte erleichtert, ja, danke, gerne, eine Nacht genügte, vielleicht eine zweite, bis sie ihre neue Freundin, die er nicht kannte, erreichte.

Fabian Pitter begleitete Fred Dreier zum Hof von Franz Miesenböck.

Auf der Fahrt zu diesem Ziel beschrieb Fred ihm ausführlich die Beziehung des Priesters zur Frau des Politikers und erging sich in Selbstkritik wegen des größten Fehlers seines Lebens. Pitter sagte, dass der

Politiker Miesenböck eine Immobilie an einen Bordellbetreiber vermiete und sich nicht wie vereinbart mit einer einmaligen Zahlung für drei Jahre zufriedengegeben habe, sondern eine monatliche Miete forderte. Offensichtlich hatte sich der Geschäftspartner von einer Drohung mit dem Rechtsanwalt nicht beeindrucken lassen und den Hof mit einem Brandanschlag beschädigt. Die Polizei ermittelte, obwohl der Geschädigte kein gesteigertes Interesse am Verlauf und Ergebnis der Ermittlungen zeigte. Die Ausländerbehörde interessierte sich für den Fall, weil in diesem Etablissement illegal im Land lebende Ausländerinnen tätig waren, die – laut Aussage eines verhafteten Zuhälters – von der geschiedenen Ehefrau des Hauseigentümers vermittelt worden wären. Angeblich stand ein Parteiausschluss Miesenböcks kurz bevor. »Ich finde, es wird Zeit, dass du deine Freundin Danuta einmal fragst, was sie mit den Geschäften ihres Mannes zu tun hat; die Beschuldigungen dieses Zuhälters gehören zum Konkurrenzkampf.«

Dreier empörte sich über diesen Blödsinn, dass die studierte Germanistin Danuta ihre polnischen Studienkolleginnen in ein österreichisches Provinzbordell vermittelt, erschien auch dem Kriminalisten Fabian Pitter unwahrscheinlich. »Aber«, er sah Fred an, als wäre der ein Fremder: »Du darfst nie glauben und kannst nie wissen.«

Der Vierkanter lag verlassen in der Nachmittagssonne.

Ein Teil des Daches auf der Rückseite war eingebrochen und das Mauerwerk dort schwarz von Ruß. Dreier sperrte mit Danutas Schlüssel auf und folgte ihrer Beschreibung. Sie füllten zu zweit mehrere Jumbo-Umzugsboxen mit Büchern, Skripten, Heften, Mappen und Kleidern, packten Laptop und Zubehör ein und fuhren zurück ins Hotel. Danuta erwartete sie. Freute sich und umarmte Fred, so als stünde der Inspektor der Kriminalpolizei Fabian Pitter nicht neben ihnen. Nach der ersten Erleichterung fragte Pitter, was sie zu den Anschuldigungen des verhafteten Zuhälters sage.

Sie setzte sich, verschränkte die Arme vor der Brust und sagte: »Nichts!«

Fabian wirkte verärgert.

»Ich kenne diesen Mann, habe mit ihm zweimal gesprochen, wenn er Franz auf dem Hof besucht hat. Die zwei saßen in seinem Büro, ich weiß nicht, was die geredet haben. Ich wurde dann immer zum Kaffee gebeten und dabei haben wir über Literatur und Übersetzungen gesprochen, er ist ein Serbe, spricht akzentfrei Deutsch, ist gebildet, kultiviert, hört Mozart, weiß, wer Shakespeare ist. Ich hatte keine Ahnung, womit dieser Mann sein Geld verdient, und habe das erst aus der Zeitung erfahren.« Sie entspannte sich und saß kopfschüttelnd da. »Und ja, der Mann hat sich nach Frauen erkundigt, wollte wissen, ob alle Polinnen so fesch sind wie ich. Und er wollte wissen, wie das in Polen mit der Liebe ist, ob polnische Frauen, auch ohne zu heiraten, sich mit Männern einlassen, ob die Kirche in Polen viel Macht hat und so weiter. Ich fand ihn ab diesem Zeitpunkt abstoßend und habe immer vorgegeben keine Zeit zu haben, wenn er da war.«

Fabian Pitter bedankte sich für das Gespräch und verabschiedete sich.

Es war Abend geworden.

Danuta und Fred gingen essen. Sie fühlten sich gut. Dann begleitete Fred sie zurück ins Hotel und verabschiedete sich ins Kino. Er wollte alleine sein und hätte in diesen Stunden niemand ertragen.

Kurz vor Mitternacht kam Dreier ins Hotel. Er war so leise wie möglich. Duschte, schlich sich ins Zimmer und legte sich auf die schon am Nachmittag aufgeschlagene und mit Bettwäsche bezogene Couch. Und kurz nach Mitternacht spürte er Danutas Körper. Sie legte sich zu ihm, er streifte ihr Nachthemd ab.

Sie sagte: »Ich verstehe nicht, was ich da tue, aber ich weiß, dass es richtig ist.«

9

Danuta war Freds Geheimnis.

Schloss er in diesen Tagen die Augen, sah er ihr Gesicht, als wäre ihr Bild auf die Innenseite seiner Augenlider geklebt. Fabian Pitter sagte ihm später einmal, dass er auf den ersten Blick wusste, was passiert war, und dass ihr Bild nicht nur an der Innenseite von Freds Augenlidern war. Am Vormittag nach der ersten Nacht mit Danuta rief er Fred an, weil es Neuigkeiten gab, die er ihm nicht vorenthalten wolle, er habe sich mit seinen Ermittlungen verdient, informiert zu werden, zumal diese Informationen ihn fast persönlich angingen. Weil Dreier an diesem Tag freihatte, saßen sie am Vormittag in einem Wirtshaus im Waldviertel, etwa hundertzwanzig Kilometer entfernt von Linz, und warteten auf einen Mann, der den Kommissar angerufen hatte, um eine Aussage zu machen, weil er mit seiner großen Schuld nicht mehr weiterleben konnte; Fabian hatte zu Fred gesagt, dass da einer beichten wolle, aber aus Angst davor, abgehört zu werden, dies nicht am Telefon machen wollte.

Der Mann war pünktlich und Dreier erkannte ihn auf den ersten Blick, wusste aber nicht, woher; er trat an den Tisch, blieb stehen, sah in die Gesichter der zwei Männer, nickte – und da fiel Dreier ein, dass es der Diener war, der in der Kirche mit seinem Kollegen Dusan Markovic aus dem Gotteshaus zu seinem dicken Schlitten begleitet hatte, seinem Chef und dessen Frau die Tür aufgemacht und seinem Herrn den Autoschlüssel mit einer Art Knicks überreicht hatte, eine Demutsszene, die Dreier zuvor nur in amerikanischen Hollywood-Sklaven-Filmen gesehen hatte. Der Mann hielt ihnen seine Hand hin, sie ergriffen sie und er setzte sich zu ihnen an den Tisch.

Fabian fragte ihn, warum er sich bei ihm gemeldet hatte.

Der Mann lachte, schüttelte den Kopf und schlug mit seiner geballten Faust auf den Tisch: »Ich habe genug. Ich spiele da nicht mehr mit, das ist eine bodenlose Schweinerei.«

Jung. Akzentfreies Deutsch. Sein Migrationshintergrund war nicht zu hören.

Als hätte der Mann seinen Gedanken gelesen, sagte er: »Ich bin in Kleinmünchen geboren, habe die Matura am Hamerling-Gymnasium gemacht, ich habe vier Semester Betriebswirtschaft erfolgreich absolviert und soll den Knecht spielen, um – keine Ahnung was –zu lernen, ich habe wirklich keine Ahnung, welchen Sinn das alles hat.«

Pitter fragte, wovon er spreche.

Der Mann nannte seinen Namen und legte los: »Ich arbeite für Dusan Markovic. Bin auch angemeldet, alles legal. Ich mache die Buchhaltung, erledige seine Geschäftskorrespondenz mit England, Amerika, mache alles Englische, weil ich der Einzige bin, der diese Sprache beherrscht. Markovic ist nur von Idioten umgeben, versteht selbst vieles nicht und hat keine Ahnung von den Fähigkeiten seiner Leute – alles klar?« Ein Faustschlag auf den Tisch sorgte für Nachdruck. »Vieles, was ich gemacht habe, war am Rand, noch mehr war drüber, aber da ging es nur um Steuern, Abschreibungen, die angegebenen Summen haben selten gestimmt, aber ich habe durch meine Kontakte immer gewusst, wer was wann kontrolliert, und dann hat immer alles gestimmt. Aber jetzt …« Er hielt inne, als müsse er noch einmal überlegen, bevor er weiterredete. »Markovic, er hat keine Ahnung, was seine Frau aufführt.« Er sah Pitter und Dreier an, als wüssten sie Bescheid.

Die zwei schüttelten mit wortloser Neugier den Kopf.

Da redete er Fred Dreier direkt an: »Sie müssen doch wissen, was ich meine. Sie haben sich ja um diesen Handballer gekümmert!« Er schüttelte den Kopf und blickte auf den Tisch, war plötzlich still. Fasste sich schnell und sagte entschlossen: »Ich sage Ihnen ehrlich, dass ich nicht Nein gesagt hätte. Punkt. Eine Wahnsinnsfrau. Egal, wie alt die ist. Und ich wäre nicht der Einzige gewesen. Ihr Alter rennt mit Hörnern bis zu den Sternen herum. Wie er das mit diesem Handballer und seiner Frau herausgekriegt hat, weiß ich nicht, schwer war das nicht, weil das jeder wusste, er selbst hat ja auch nichts ausgelassen, und ich habe gedacht, offene Ehe und so weiter, soll ja vorkommen, hätte ich ihm zwar nicht zugetraut, für mich war der Mann immer Balkan pur – und das ist der ja auch.« Wieder hielt er inne. Griff sich an den Kopf und stieß hörbar seinen Atem aus. »Ich, also meine Eltern, komme selber aus Split, wir sind Kroaten, aber auch gerne Österreicher. Ich habe bei Markovic gearbeitet, weil der so viele Beziehungen nicht nur in die alte Heimat meiner Eltern hat, sie haben gemeint, dass mir so ein Mann nach dem Abschluss meines Studiums nützlich sein kann. Und sie haben recht, aber …« Er sah Fabian Pitter ins Gesicht. »Sie sind Polizist. Es geht um die Vergewaltigung von Frau Markovic. Wissen Sie, warum dieses Verbrechen niemand angezeigt hat?! Erstens hat der Handballer Ivica Kuncz Frau Markovic nie vergewaltigt, und zweitens hat Herr Markovic dafür gesorgt, dass nur ausgesuchte Leute diese Lüge hören. Ich war einer der Auserwählten. Nur, sein Pech, ich habe die Wahrheit gekannt, weil Ivo mein Freund war. Ich war sein einziger, wahrer Freund, hat er immer gesagt. Ich habe an diesem Abend nicht gewusst, was das werden soll. Markovic hat zu mir gesagt, ich soll Ivo anrufen, weil er was für die Handballer spenden will. Er und drei seiner Leute sind mit mir zu Ivo gefahren, wir sind in zwei Autos unterwegs gewesen, er hat gesagt, dass wir das Geschäft im See-Restaurant besprechen. Wir haben am See neben der Bahnstation geparkt und sind ausgestiegen. Plötzlich haut einer dem Ivo einen Prügel auf den Schädel. Markovic lacht, sagt, dass der Zug hier immer pünktlich ist. Die drei packen Ivo. Einer knallt mir seine Faust ins Gesicht. Ich geh zu Boden, krieg aber mit, wie die drei Ivo packen und rüber zu den Gleisen schleppen. Markovic läuft vor ihnen her. Sie klettern alle vier rauf über den Bahndamm. Das sehe ich von Weitem, mir wird schlecht, ich muss mich übergeben. Dann der Zug, ein schrilles Kreischen, ich höre Leute schreien. Die vier rennen zurück zum Auto, sind alle total aufgedreht, schreien einander an, klatschen ab, als hätten die ein Tor im Finale geschossen. Sie schreien mich an, dass ich niemand bin, dass sie mich, wenn ich …«

Fred starrte den jungen Mann an. Eine gefühlte Ewigkeit verging. Er sah Fabian an und staunte; denn der saß neben ihm und wirkte nicht beeindruckt, sondern fragte, warum er ihm mit dieser Geschichte erst jetzt daherkam.

Der Mann lachte. »Dass Sie als Polizist mich das fragen, ist fast lächerlich.«

Ärger war in Pitters Gesicht zu sehen.

»Markovic macht, was er will, und ihr von der Polizei schaut zu! Der hockt jeden Sonntag in der Kirche, spendet großzügig für alles Mögliche, hat sogar diesem Pfarrer für seinen Jugendklub regelmäßig einen Haufen Geld geschenkt, die Summen habe ich nicht mehr im Kopf, aber es war nicht wenig – und natürlich war alles steuerlich absetzbar. Ich habe mich bei diesen Leuten wichtiggemacht, weil ich mir das alles aus der Nähe anschauen wollte. Habe ihm am Sonntag nach der Kirche die Autotür aufgehalten und meinen Diener gemacht; das hat dem hoch angesehenen, ehrenwerten und allseits beliebten Herrn sehr gefallen. Er hat mir nach der Geschichte mit Ivo zu verstehen gegeben, dass mein Schweigen – ich brauch Ihnen doch nicht zu sagen, dass ich da ein Mitwisser bin –, also wenn ich niemandem was sage, wird das nicht zu meinem Nachteil sein. Aber es ist nichts zu meinem Vorteil passiert und ich mache da nicht mehr mit, mich kotzt dieser Mann an.« Er saß Pitter und Dreier gegenüber, sah ihnen lange schweigend ins Gesicht und sagte dann: »Diese Aussage wiederhole ich vor jedem Gericht.«

Fabian Pitter wirkte überzeugt und bedankte sich für dieses Gespräch; die zwei bestimmten einen Ort und einen Termin für eine offizielle, aufgenommene Aussage mit Zeugen, und anschließend verabschiedeten sich die drei mit Handschlag. Fabian schwieg auf der Fahrt zurück in die Stadt, dass er nachdachte, sah Fred ihm an. Als er vor dem Hotel hielt, sagte Dreier beim Aussteigen: »Da ist nichts mehr zu sagen.«

Fabian sah ihn an und hielt ihm lachend seine Hand hin. »Ja. Sehe ich auch so.«

10

Fred wusste mehr als alle anderen.

Und dieses Wissen gab ihm ein unbekanntes Gefühl von Überlegenheit. Von der bevorstehenden Verhaftung des Dusan Markovic erzählte Pitter Fred am Tag davor bei einem Essen, zu dem Dreier anlässlich seines Geburtstags eingeladen hatte. Gemeinsam mit Alex Gause, Klaus Körner und Joe Pollak schwelgten sie in Erinnerungen an ihre gemeinsame Studentenzeit zu Beginn der Achtzigerjahre in Wien. Dann sagte Fabian, dass er es entsetzlich fand, wie Joe diese Ivica-Kuncz-Geschichte für diesen Privatsender gemacht hatte. Fred verteidigte Joe, beschrieb wortreich, wie die Kirche den Mann aus dem Verkehr gezogen habe, als sollte tatsächlich etwas verborgen werden, außerdem habe der junge Mann bei seiner Anklage geradezu genial überzeugend gelogen. Pitter lachte, klopfte Dreier in aller Freundschaft auf die Schulter und sagte, dass ihn das alles überhaupt nicht überzeugt habe. Und er überraschte Fred mit der Frage: »Wie hat sich das alles auf deine Ehe ausgewirkt? Wenn ich deine Erzählungen richtig verstanden habe, hat deine Frau von Anfang an diese Geschichte bezweifelt.«

Dreier lachte. »Helene zweifelt immer. An allem.«

Fabian kannte Helene von früher und gestand Fred, dass er nie verstanden habe, was er und sie aneinander fanden, er habe immer gewusst, dass Freds Ehe nicht ewig funktionieren werde. Dass seine Frau, Alex und Klaus mit ihrem Zweifel an seiner Ivica-Geschichte »eigentlich« recht gehabt hatten, gab Fred widerwillig zu, aber er war sich mit Fabian darin einig, dass nicht diese eitlen Schreiberlinge, sondern Joe ihre Sympathie hatte. Die vier sprachen auch über Pater Wader. Sie einigten sich darauf, dass der Pfarrer, warum auch immer, vielleicht tatsächlich, wie von einigen Leuten behauptet, seinen Pfarrhof selbst angezündet habe und untergetaucht sei, er war verschwunden und für die Brandstiftung gab es nicht einmal einen Verdächtigen. Dem Miesenböck war beim besten Willen nichts nachzuweisen. Und weil sie nun schon beim Thema waren, verlangte Fabian, dass Fred jetzt endlich einmal damit rausrücken solle, was zwischen ihm und der Freundin dieses Pfarrers lief. Wieder lachte Fred – und er gab zu, dass er auf diese Frau abfahre. »Zuletzt gab's so etwas vor fünfundzwanzig Jahren. Dass mir das noch einmal passiert, gibt's eigentlich nicht.«

»Und wie geht das weiter?«

»Sie lässt sich scheiden und dann werden wir sehen.«

VII – COMEBACK

1

»Du bist der letzte Mensch, den Franz Miesenböck in seinem Leben gesehen hat. Das musst du mir erklären.«

Fred Dreier saß Fabian Pitter gegenüber, sah ihm ins Gesicht und fühlte sich hilflos. Er hatte von Franz Miesenböcks Tod in der Zeitung gelesen und erwartet, dass sein Freund ihn bald dazu befragen würde. »Das ist ein Zufall, ich habe ihn zweimal getroffen.«

»Du triffst ihn und dann ist er tot.«

»Das ist so wie mit dem Pfarrhof. Ich war bei Wader, habe dort Danuta kennengelernt und dann ist das alles abgebrannt, aber ich kann nichts dafür. Sie war an diesem Abend dabei, du kannst sie fragen.«

»Sie ist vor dir heimgegangen – und sie ist mit Miesenböck verheiratet.«

»Der sie geschlagen und verprügelt hat.«

»Ja, aber wenn die Frauen sich das gefallen lassen, was sollen wir da machen?«, sagte Pitter und sah auf seine Uhr. In seiner Stimme war etwas, das Dreier erschreckte. »Dein Name steht unter dem Datum des gestrigen Tages in Miesenböcks Kalender. Dein Treffen mit ihm auf einem Aussichtsturm ist seine letzte Eintragung. Ein ungewöhnlicher Treffpunkt, mit Verlaub gesagt – auch das musst du mir erklären.«

Sie saßen an einem Tischchen im Foyer des Hotels Schwarzer Bär.

Fred sah dem Gesicht Fabians an, dass viel zu sagen war: »Miesenböck ist peinlich. Der Turm war seine Idee. Cafés waren ihm zu belebt, er hat sehr geheimnisvoll getan. Ich war da – aber er nicht! Der hat mich versetzt. Ich hab eine Stunde auf ihn gewartet.«

Pitter sah an Dreier vorbei in den Himmel, der sich seit der Morgendämmerung mit schwarzen Wolken verdunkelte, und hörte Fred sagen: »Der Mann war lächerlich. Ich will nicht arrogant klingen, aber der war nicht aus meiner Liga.«

»War«, sagte Pitter, als würde er etwas bestätigen. Er sah Dreier an. »Ihr habt euch auch am siebzehnten November im Restaurant Bongo-Bar getroffen. Steht auch in seinem Kalender. Eine sehr intensive Unterhaltung, sagt der Kellner. Nach allem, was ich bis jetzt von dir weiß, kann ich mir nicht vorstellen …«

»Ich auch nicht.«

Pitter schüttelte den Kopf.

Fred beeilte sich zu berichten: »Er hat sich mir genähert, hat mich angerufen, sich vorgestellt als Landwirt und Bürgermeister von, weiß nicht mehr, irgendein Dorf, ich hab mir das irgendwo aufgeschrieben; er hat behauptet, ein Projekt zu haben, das auch jemand wie mich interessieren könnte, ich würde nicht umsonst mitarbeiten, mein Honorar wäre enorm. Wie du weißt, lebe ich in Trennung im Hotel und kann es mir nicht leisten, irgendwas abzuschlagen. Bei unserem Treffen in der Bongo-Bar, wo ich vor vielen Jahren einmal gelesen habe, wusste ich nach dreißig Sekunden, dass der sich politisch in einer Partei engagiert, die auszusprechen ich mich seit Jahren weigere, weil jeder, der die wählt, ein Trottel ist. Er redete mich auf meine Reportagen zur Integration von Ausländern an; das hab ich ja alles gemacht noch vor dem Internet, keine Ahnung, wo der das herhatte. Wir sind so verblieben, dass er sich meldet, wenn er genau weiß, was er von mir will. Ich habe nicht wirklich damit gerechnet, noch einmal von ihm zu hören, aber er hat vor drei Tagen angerufen. Ich war am Treffpunkt, er nicht, eine Frechheit.«

Pitter hörte schweigend zu und betrachtete dabei Freds Hände.

»War es das Geld, war es die Wertschätzung meiner Person, war es meine Frustration mit der Sozialdemokratie, keine Ahnung, ob du noch weißt, dass ich rot bis in die Wolle bin. Ich weiß nicht, warum ich zugesagt habe und den Mann noch einmal treffen wollte. Ich bin das Kind kleiner Leute. Ein Produkt der sozialistischen Bildungspolitik der Siebziger- und Achtzigerjahre, und …«

Pitter hob abwehrend seine Hand. »Bitte nicht schon wieder. Wir haben das seinerzeit tausendmal durchgekaut.«

»Ich habe geglaubt, du willst was wissen, aber egal. Ja, ich war neugierig, vielleicht wollte ich mir in der sogenannten außerliterarischen Wirklichkeit Leute wie diesen Miesenböck anschauen. Du kannst mir Sozialvoyeurismus vorwerfen«, sagte Fred – in dem plötzlich, während er über diesen toten Politiker redete, ein Gefühl war, das er noch nie erlebt hatte. Denn der Tod von Franz Miesenböck machte ihn froh. Er war glücklich darüber, dass der Mann, der Danuta geschlagen und sie vergewaltigt hatte, nicht mehr lebte. Aber er dachte keine Sekunde daran, über dieses Gefühl zu sprechen. Er sah Fabian und wusste, dass alles gesagt war. »Eine Stunde lang auf diesem Turm zu stehen, der Blick über diese Wälder bis an den Horizont, das war einige Augenblicke lang ein Gefühl … sicher das Beste, was mir seit Langem passiert ist«, sagte er mehr zu sich als zu Fabian. Fred sah hinaus auf die dunkle Straße, als er sagte. »Ich befinde mich deutlich jenseits meiner statistischen Lebensmitte und funktioniere. Aber mein Leben ist kein Abenteuer.«

Was Pitter von dieser Ansage hielt, war ihm nicht anzusehen. Er stand auf, sah auf seine Uhr und sagte:

»Dein Unterricht beginnt in zwanzig Minuten, du willst sicher pünktlich sein – wir hören noch voneinander.« Er drehte sich um und ging.

Fred sah ihm nach. Dann fuhr er in die Schule und unterrichtete vier Stunden lang. Auf dem Lehrerparkplatz neben dem Auto stehend, rief er Danuta an, die seinen Anruf nicht annahm. Dreier fuhr ins Hotel, lag dort auf dem Rücken im Bett seiner Suite und starrte in die Nachmittagsdämmerung, bis es dunkel wurde. Die Stille in diesen Stunden war laut. Fred schloss immer wieder minutenlang die Augen und sah dieses Zeitungsbild von Miesenböck, der im Gras unter dem Turm lag. Und er sah auch, wie der Kopf des Toten in seinem Blut versank.

Bei Einbruch der Finsternis rief er Danuta an. Sie klang dunkel und berichtete ihm, was er aus der Zeitung über den Tod ihres Mannes wusste, seinen Kalendereintrag erwähnte sie mit keinem Wort. Und noch bevor er sie um ein Treffen bitten konnte, sagte sie, dass sie nicht mit ihm über ihren Mann reden wolle, und bat ihn um einige Tage Zeit. Sie wolle etwas allein sein. Fred war enttäuscht, doch er spürte, dass es richtig war, diese Bitte hinzunehmen.

Er war müde, saß mit seinem Mobiltelefon in der Hand auf einem Sofa im Hotel Schwarzer Bär und fragte sich: Kann es sein, dass zwischen mir und Franz Miesenböck eine Verbindung existiert?

Die Frage stand plötzlich ohne Zusammenhang mit anderen Gedanken in seinem Kopf. Irgendwann versank Fred Dreier in der Dunkelheit und schlief ein.

2

Man sah Mathilde Miesenböck an, dass sie gelitten hatte.

Sie saß unter einem Dach auf der Bank neben der Tür des Bauernhauses, in dem sie mit ihrem Sohn gelebt hatte, und putzte Männerschuhe. Ihre Augen und Wangen waren rot vom Weinen. Schuhe standen in Paaren glänzend sauber in einer Reihe vor ihr auf dem Steinboden im Regen, Gummistiefel im Gras neben einem aufgerollten Schlauch.

Seit dem Gespräch mit Fabian Pitter wusste Dreier, dass es eine Verbindung zwischen ihm und diesem Toten nicht geben durfte. Er hatte sein Auto an der Rückseite des Anwesens abgestellt, den Hof umrundet und stellte sich mit seinem akademischen Titel vor, was er sonst nie tat. Er fügte hinzu, dass er als Professor für Deutsch und Geschichte an einem Realgymnasium der Landeshauptstadt unterrichte, was er noch nie in seinem Leben jemand so gesagt hatte.

»Ich putze seine Schuhe, weil … was von ihm bleibt, soll sauber sein«, sagte die etwa siebzigjährige Frau, die Fred noch älter geschätzt hätte.

»Ich habe in der Zeitung gelesen, was passiert ist, und ich bin hier, um Ihnen mein tief empfundenes Beileid auszusprechen«, sagte Fred, wobei seine Stimme brüchig klang, was seinen Worten Authentizität verlieh.

»Franz hat mir von Ihnen erzählt; mir gefällt es, dass ihr euch dann ja doch noch ausgesprochen habt, es ist ja immer besser, wir verstehen uns, auch wenn wir vielleicht nicht gleich einer Meinung sind«, sagte die alte Frau.

Dreier beeilte sich zu sagen: »Ich bin hier, um mir etwas von ihm zu holen. Es ist in seinem Safe. Franz hat mir gesagt, dass ich mir die Sache jederzeit holen könne, auch wenn er gerade nicht zu Hause ist, denn Sie kennen die Kombination.«

»Und ob ich die kenne«, sagte die Frau mit Stolz.

»Ich würde ein paar Sachen jetzt brauchen, weil sein Lebenswerk weitergehen muss.«

»Sehr richtig. Und ich danke Ihnen dafür, dass Sie sich darum kümmern. Weil das ist ja so wichtig für uns alle. Ich kenne mich mit den Computern nicht aus, aber Sie werden schon wissen, was Sie brauchen«, sagte die Alte, stand auf und ging ins Haus, wobei sie Dreier bedeutete, ihr zu folgen.

Sie ging ohne Stock, humpelte, schien aber sonst kräftig zu sein.

Von der Pinnwand hinter dem Telefon griff sie sich im Vorbeigehen einen kleinen Zettel, auf dem vier großgeschriebene Ziffern standen, und steckte ihn in ihre Schürze, wobei sie eilig um sich blickte, als müsste sie sich vergewissern, dass niemand sie bemerkte.

Das Büro ihres Sohnes war holzgemütlich hell. Wand und Decke waren getäfelt. Der breite Alu-Schreibtisch mit aufgeklapptem Laptop passte hier nicht rein. Links und rechts neben dem Türrahmen hingen Wahlplakate mit Miesenböcks Porträt. Auf einer Kommode stand ein Bild von Danuta. Ihr Gesicht war von einem schwarzen Trauerstreifen in der Diagonale durchkreuzt.

Als machte sie das nicht zum ersten Mal, tippte Mutter Miesenböck flink die Zahlenkombination ein und trat nach einem leisen Klicken zurück: »Bitte, Herr Professor.«

Dreier öffnete das Türchen und war erleichtert. Vor ihm lagen einige USB-Sticks, ein Stapel von ausgedruckten, digitalen Porno-Fotos – und drei Chips! Er zwang sich dazu, die drei kleinen Dinge in aller Ruhe in die Hand zu nehmen, zu drehen und einzustecken, aufmerksam beobachtet von der Mutter des Toten. Dann setzte er sich an den Computer, startete ihn und war froh, dass es kein Passwort gab. Er nickte der Mutter zu, die sich lächelnd zurückzog. Dann checkte er die Dateien, überrascht davon, wie wenige es waren, und erleichtert darüber, dass er nirgends Erwähnung fand. Nach etwa einer halben Stunde trat er vor die in der Stube sitzende Frau Miesenböck und versuchte, bedrückt zu wirken. Übertriebene Eile hätte verdächtig gewirkt. Ihre Einladung zu einem Kaffee nahm er gerne an. Als sie dann vor duftend dampfendem Kaffee und Zwetschkenkuchen saßen, senkte die Mutter ihren Blick auf die Platte des schweren Eichentisches und sagte: »Sie haben ihr Bild ja gesehen.«

Fred nickte wortlos, so ergriffen wie möglich.

»Bildschön«, sagte die Alte. »Sie können sich das nach dem Bild gar nicht vorstellen.«

Kein Wunder bei dem schwarzen Streifen, der üblicherweise eine der Ecken von Erinnerungsbildern geliebter Menschen querte, dachte Dreier.

»In Wirklichkeit war sie noch schöner. Aber sie war …«, plötzlich begann die alte Frau zu weinen. »Franz hat gar kein Glück gehabt mit den Frauen. Die Danuta hat er durch seine Arbeit kennengelernt. Die unsrigen Frauen wollen alle nichts mehr arbeiten. Schon gar nicht auf einem Bauernhof. Unser Vater ist früh gestorben. Mein Bub hat mit mir und einem Onkel den Hof erhalten. Franz hat von klein auf wie ein Großer gearbeitet. Den Traktor hat er mit elf beherrscht. Da haben die anderen Buben gerade das Mopedfahren gelernt«, erzählte sie, wobei sie sich beruhigte.

Fred hielt ihr ein Papiertaschentuch hin.

»Danke. Natürlich ist er auch tanzen gegangen. Und er hat auch seine Freundinnen gehabt, aber schon immer aufgepasst, dass er keine schwängert, die nur auf unseren Hof scharf ist. Das ist doch heute alles ganz anders als zu meiner Zeit. Ich bin Jahrgang dreiundvierzig.«

Wie Mick Jagger, schoss es Fred durch den Kopf.

»Und froh waren wir über die Danuta. Die konnte zupacken. Sie ist aus Polen. Von einem Bauernhof. Die wusste, was arbeiten bedeutet.«

Die Mutter wurde wütend. »Nie, nie im Leben hätte ich ihr so etwas zugetraut. Ich hab ja nie etwas gegen Ausländer gehabt. Gar nichts. Und unser Land hat ja in seiner Geschichte einiges angestellt, ich weiß alles, auch wenn ich es nicht selber erlebt habe, aber ich weiß vom Vater, was in den KZs passiert ist, und nach Mauthausen ist es von hier nicht weit.«

Sie trank Kaffee.

Dreier war beeindruckt.

Plötzlich rief sie aus: »Dieses Gesindel! Ich hab selber gehört, wie sie den Franz angeschrien hat, was er sich nicht einbildet. Sie hat in Polen studiert. Aber sie hat meinen Buben doch nur genommen, dass sie rauskommt. Dass sie unsere Staatsbürgerschaft bekommt.«

Fred lobte den köstlichen Zwetschkenkuchen, sah auf seine Uhr, stand auf, gab ihr die Hand und sagte: »Vielen Dank, Sie haben mir sehr geholfen.« Er bemühte sich, so freundlich wie möglich zu sein.

Die alte Frau begleitete ihn vor das Bauernhaus. Fred Dreier fuhr ab und sah sie im Rückspiegel klein und verlassen in diesem schweren Regen dastehen, ein Anblick, der ihn rührte. Als sie ihm dann auch noch nachwinkte, konnte er nicht mehr tun, als auch seine Hand zu heben.

Als Fred beim Hotel ankam, war es draußen dunkel. Sturm kam auf. Nach mehreren Minuten, in denen Blitze über den Himmel zuckten, fielen die ersten schweren Tropfen.

3

Am siebten Tag des Jahrhundert-Regens – drei Tage, nachdem Franz Miesenböcks Leiche gefunden worden war – zerbrach ein Berg.

Tatsächlich war es ein namenloser Hügel, der verschwand. Geologisch gesehen war ein jahrtausendlang ruhendes zweiteiliges Granitmassiv durch die Ausschwemmung infolge des schweren Regenfalls in Bewegung geraten und auseinandergefallen. Dies erklärten Wissenschaftler mit mühsam unterdrückter Begeisterung den Reportern eines Regionalfernsehsenders, die als Erste an den Unglücksort geeilt waren. Besonders faszinierend war für die Geologen die Zweiteiligkeit des Granits, die bis jetzt nicht bemerkt worden war. Darüber hinaus war sehr bedauerlich, dass die seit dem Mittelalter auf der Hügelspitze stehende, in den letzten Jahren mit einigem finanziellen Aufwand restaurierte Burg in den sich auftuenden Spalt gefallen und sprichwörtlich vom Erdboden verschluckt worden war.

So wie der Berg etwas genommen hatte, so schien er beschlossen zu haben etwas preiszugeben, das in einer Spalte des Felsens gesteckt haben musste. Und so kam es, dass Fred Dreier in den landesweit ausgestrahlten Nachrichten um halb acht im Fernsehen sah, wie Kinder einen schwarzen, länglichen Plastiksack, an dem auch dieser wild kläffende Hund zerrte, aus dem Erdreich herauszogen. Ein Junge schnitt mit seinem Taschenmesser das Plastik auf, kleine Hände rissen an den Hälften. Plötzlich Panik, schrilles Kindergeschrei und Hundegebell. Alle sprangen zurück, wollten kreischend weg, davonrennen, aber sie entkamen nicht. Eine Menschenmauer stand zu dicht hinter ihnen. Die Kleinen umklammerten die Beine der nicht weniger entsetzten Großen. Alle starrten auf die Mitte zwischen Mauerresten, Steinen und jahrhundertealten Holzträgern: unmöglich.

Da lag ein Toter.

Im Wald.

Etwa zwanzig Leute waren zusammengelaufen.

Kurz vor halb zwölf. Als die zwei Fernsehteams dabei waren abzuziehen, im Gehen noch schnell Material für Zwischenschnitte aufnehmend, dabei mit den Redakteuren telefonisch besprechend, bis wann die Beiträge geschnitten und gemischt werden mussten, entstand plötzlich diese Aufregung.

Die am nächsten stehende Kamera trat näher, zoomte heran, hielt drauf, und der Kameramann ärgerte sich darüber, diesen erlesenen Moment als Angestellter des öffentlich-rechtlichen Senders zu erleben, der ihm vierzehnmal im Jahr ein Gehalt überwies und nun als Inhaber der Verwertungsrechte diese Sequenz an die

Fernsehsender Europas verkaufen würde, was man selbst gerne getan hätte – nicht oft im Leben war das Auge der Kamera Zeuge, wenn Kinder einen Plastiksack mit einer Leiche fanden und selbst aufmachten. Die Journalisten der Zeitungen notierten etwas auf ihre Blöcke, andere schafften es mit Mühe, Fotos zu schießen, während der Kameramann filmte.

Und Fred saß etwa acht Stunden später im Hotelzimmer vor dem Fernseher und sah die Kinderhände, ein wächsern weißes Gesicht, das nur halb sichtbar wurde und die Stimme der Nachrichtensprecherin, die den Namen Ralf Wader nannte. Er hörte diese Stimme in weiter Ferne sagen, dass es sich bei dem Toten um den seit dem Brand in seinem Pfarrhaus vermissten Priester handelte, der wegen unbewiesener Missbrauchsvorwürfe in den Schlagzeilen gewesen war.

Dreier schaltete das Fernsehgerät noch vor den Sportberichten aus.

Der Anblick des dunklen Bildschirms beruhigte ihn. Er dachte an Danuta, aber wagte es nicht, sie anzurufen, sondern drehte alle Lichter ab und saß in der Finsternis, umgeben von etwas Großem, das er nicht verstand. Bis nach einer halben Stunde das Zimmertelefon läutete. Der Rezeptionist entschuldigte sich für die Störung, ein Inspektor Pitter wartete im Frühstückssalon auf den Herrn Professor. Dreier eilte nach unten.

Fabian wirkte angespannt, als Fred sich zu ihm an den Tisch setzte und sagte: »Du hast nicht mich, sondern das Hotel angerufen. Warum sitzen wir hier und nicht in meinem Zimmer? Kannst du mir das erklären?«

»Das ist besser so, glaub mir das einfach – und sage mir, was dich deiner Meinung nach entlastet. Du bist der letzte Mensch, der Wader gesehen hat. Du hast eine Missbrauchsanklage gegen diesen Mann inszeniert, du erlebst gerade eine Liebesbeziehung mit seiner Freundin, und Eifersucht ist, so wie du das zu nennen pflegst, ein Motivklassiker. Und ich widerspreche dir nicht. Todesursache ist nach einer ersten Schnelluntersuchung am Fundort ein Genickbruch, ob Schlag oder Sturz wissen wir nach einer genauen Untersuchung – und gestorben ist Wader selbstverständlich woanders. Der Todeszeitpunkt fällt nach einer ersten Schätzung ungefähr auf den Tag, an dem dieses Pfarrhaus gebrannt hat. Es gibt Verwesungsspuren an der Leiche, die auf dieses Datum verweisen.«

Er sah Fred ins Gesicht. »Wir sitzen hier, weil wir uns viel zu gut kennen, deswegen habe ich das Hotel und nicht deine Privatnummer angerufen. Ich war eine halbe Stunde nach dem Fund der Leiche am Fundort und muss bei dieser Faktenlage dich als Ersten befragen. Ich nehme dich nicht fest, nicht weil ich dir glaube, sondern weil am Tag des Brandes ein Mann, auf den die Beschreibung von Franz Miesenböck passen könnte, von zwei Forstarbeitern gesehen wurde. Die zwei Männer waren beim Leichenfund unter den Neugierigen am Schauplatz.«

Mehr zu sich als zu Fabian sagte Fred: »Könnte er nicht auch gestürzt sein?«

Pitter klang verärgert. »Jemand hat den Toten verpackt und versteckt.«

Dreier saß dem Ermittler schweigend im leeren Frühstücksraum gegenüber. Fabian schwieg und sah dabei hinaus in den nach sieben Tagen des großen Regens blau lachenden Himmel. Irgendwann sagte er: »Ich verstehe dich nicht.« Er sah Fred ins Gesicht. »Wir wissen jetzt beide, dass hier von Missbrauch keine Rede sein kann. Dieser Pfarrer hatte eine Freundin – Klassiker«, er lachte und sah an die Decke, dann Fred wieder ins Gesicht: »Warum hast du dich da so engagiert? Woher konntest du wissen, dass dieser Handballer die Wahrheit sagt? Warum bist du nicht zu Wader hingefahren und hast ihn zur Rede gestellt? Du warst doch einmal ein Journalist. Angeblich sogar ein sehr guter.«

»Ich habe Ivica in die Augen gesehen und ihm geglaubt. Und da war dieses Bauchgefühl. Gibt's so etwas im wirklichen Leben?«

Pitter schüttelte den Kopf. »Das ist Kino-Blödsinn.«

Fred schwieg. Sah lange vor sich auf den Boden, schaffte es nicht, den ihm gegenübersitzenden Mann anzusehen, und sagte irgendwann, dabei an Fabian vorbei ins Freie blickend: »Vielleicht war mir mein Lehrerleben zu klein, zu wenig. Vielleicht wollte ich berühmt und jemand ganz Besonderer sein. Und in mir war ein Zorn. Der größte Zorn auf … keine Ahnung worauf. Ich hab nicht nachgedacht. Zorn ist immer gleichzusetzen mit Blödheit. Ich habe den größten Fehler meines Lebens gemacht und muss damit fertigwerden.«

Fabian Pitter stand auf. Stand da und sah auf Fred hinab, der vor ihm saß und aufsah. Pitter lächelte, zuckte die Schultern, da war nichts mehr zu sagen. Er ging mit federnden Schritten davon und machte bei diesem Abgang mit Zeige- und Mittelfinger der rechten Hand das Victory-Zeichen, ohne sich dabei umzudrehen. Fred Dreier sah ihm nach und wusste, dass er Fabian Pitter nicht mehr oft in seinem Leben sehen würde.

4

Professor Dreier unterrichtete nach dem Gespräch mit Fabian Pitter so wie immer seit dreiundzwanzig Jahren. Dass er in diesen Tagen an den Gesprächen im Konferenzzimmer nicht mehr teilnahm, bemerkte niemand. Nach seinem Schuldienst saß er viele Stunden allein im Hotel, ohne Ideen für Prosa oder Lektüre, gefangen in einer Untätigkeit, die ihn lähmte. Er hatte seit dem Tod Franz Miesenböcks und dem Fund der Leiche Ralf Waders nichts von Danuta gehört. Dass sie nicht anrief, schmerzte Fred, aber er redete sich ein, sie zu verstehen, und beruhigte sich mit der Frage, was sie ihm sagen hätte können. Doch nach sieben Tagen des Wartens und sieben unbeantworteten Anrufen seinerseits brach er auf zu ihr.

Auf dem Weg zur Wohnung, in der sie mit ihrer Freundin seit einiger Zeit lebte, verschwanden alle Zweifel und Bedenken Freds hinter der Freude auf sie. Er versuchte, sich einen Neubeginn mit ihr vorzustellen. Doch dabei hatte er schnell das Gefühl – wie bei seinen Tagträumen vom Ruhm als Schriftseller und Filmregisseur –, dass das mit der Wirklichkeit seines Lebens als schreibender Deutschprofessor nicht das Geringste zu tun hatte – und das war ihm peinlich.

Die Tür zu Danutas Wohnung wurde so schnell nach seinem Läuten aufgerissen, dass ihm das hätte verdächtig erscheinen müssen. Doch im ersten Moment war Fred glücklich darüber, dass man ihm öffnete und nicht ignorierte. Erst als er in das Gesicht von Danutas Freundin sah, deren Namen er sich auch nach einigen Nennungen noch immer nicht gemerkt hatte, wusste er, dass die junge Frau hinter der Tür auf ihn gewartet haben musste. Sie überreichte ihm einen Brief und sagte: »Von Danuta.«

Fred lächelte, ihm gefiel der slawische Akzent ihrer Stimme. Er bedankte sich, nahm den Brief und bat um eine Führung durch die Wohnung. Die Freundin stand ihm im Vorzimmer gegenüber und sagte kopfschüttelnd: »Besser nicht.«

Also fuhr Fred zurück ins Hotel, legte sich aufs Bett und betrachtete mit hinter dem Kopf verschränkten Armen die Decke. Atmete tief ein und aus. Fühlte sich gut und mit jeder Minute besser – und spürte das Schwinden der Trauer über den Verlust von Danuta. Er schloss die Augen, wollte nichts sehen, würde den Brief ungelesen ins Altpapier werfen – und erschrak. Denn plötzlich war da auch etwas wie Erleichterung. Und Bewunderung für Danutas Entscheidung. Sie hatte bis zuletzt an ihren Mann gedacht, mehrmals versucht, mit Fred über ihn zu reden, aber verstanden, dass er nichts zu Franz Miesenböck zu sagen hatte. Fred hatte manchmal das Gefühl gehabt, dass etwas Dunkles in den Stunden ihres Zusammenseins zwischen ihnen war. Beim Zusammenleben mit ihr wäre die Dunkelheit zwischen ihnen mit den Jahren größer geworden und zu einer Finsternis erwachsen, in der sie beide verschwunden wären.

Als es draußen dunkel war, drehte Fred die Nachttischlampe auf, las ihren Brief – und er lächelte, als er las, wie Danuta ihn an Emile Zolas Roman »Thérèse Raquin« erinnerte, in dem eine unglücklich verheiratete Frau mit ihrem Geliebten den verhassten Gatten tötete, von der Polizei nicht erwischt wurde, aber wegen Schuldgefühlen und Paranoia im Wahnsinn eines gemeinsamen Selbstmords endete.

Irgendwann fiel Fred Dreier in einen bleiernen Schlaf.

Nach dem Erwachen ließ er sich Zeit. Der Morgen war grau. Dreier ging nach dem Frühstück spazieren und setzte sich in ein Café. Dort versuchte er vergeblich, in einigen der aufliegenden Zeitungen zu lesen, schaffte es aber nicht, an den Dingen in seinem Kopf vorbei in etwas anderes hineinzukommen, ließ die Blätter – eines nach dem anderen – sinken und legte sie auf den Sessel neben sich.

Fred saß da und hätte gerne mit jemandem geredet.

Über Wader, Miesenböck, Danuta und sein Leben. Er schloss die Augen und dachte an Körner, Gause,

Pollak, die Nebenrollen spielten, auch wenn er sie viel zu lange für Hauptfiguren seines Lebens gehalten hatte. Irene, Helene, Magistra Tischler, Kollegen, Kolleginnen, Schriftsteller. Er hatte mehr Freunde, als er wusste. Aber Fred war dennoch allein.

Er kramte in seinem City-Bag und legte das Paperblank, das er vor zwei Jahren gekauft hatte, um darin sein Lebensjournal aufzuschreiben, vor sich auf den Tisch. Vor einem Jahr hatte er auf die erste Seite einen Satz über Langeweile geschrieben. Er notierte darunter das Datum dieses Tages. Und sah auf die Straße. Da hatte er eine Idee und schrieb: »Ich sitze im Gefängnis, durch vergitterte Fenster ausgesperrt von meiner Gegenwart, ohne Zukunft. Ich sehe meine Vergangenheit mit einer Intensität, die schmerzt. Ich sitze allein in einem Café, habe einen Menschen getötet und kann mit niemandem darüber sprechen. Ich hatte Glück zu entkommen. Ich habe Angst vor dem Gefängnis. Wäre ich an diesem Tag im September bei Orange noch gefahren und nicht stehen geblieben, hätte ich von Drago und Ivica nie wieder etwas gehört.«

Fred las, was er geschrieben hatte, und klappte das Buch zu.

Auf der Fahrt hinaus aus der Stadt stellte Dreier sich vor, sein durch Ivica, Wader, Ehekrise, Miesenböck und Danuta gestörtes Leben aus sicherer Distanz zu erzählen; der Perspektivenwechsel wäre eine Erleichterung, aber auch ein Davonlaufen, denn literarischen Figuren, die in der dritten Person beschrieben werden, haftet etwas Angedichtetes an.

Als Fred am Ort des zerbrochenen Bergs ankam, stand die Sonne hoch über starkem Wind. Der graue Morgenhimmel wirkte wie leer gefegt und war blau. Er parkte sein Auto auf einer Wiese im Gebüsch neben der Landstraße. Parkplatz, Ruine, die Schule für wirtschaftliche Frauenberufe der Legion Schwestern Marias samt Tafel mit goldener Prägung waren verschwunden. Bagger, Laster, Bauhütten standen im Gelände, das von einem Krater beherrscht wurde. Von den zwei riesigen Granithälften waren nur mehr Reste zu sehen, man war dabei, den schwarzen Stein zu zertrümmern und einer wirtschaftlichen Nutzung zuzuführen.

Fred durchstreifte das Gelände.

Eine raue Stimme rief, was er hier verloren habe? Ein Arbeiter trat aus einer der Hütten und ging auf Dreier zu, wobei er sagte, dass Unbefugte dieses Gelände nicht betreten dürfen, es sei schon zu viel passiert in den ersten Tagen seit dem großen Regen, manche Leute seien zu blöd für eine Baustelle. Seine Firma habe heute woanders zu tun und würde morgen hier weitermachen, er sei nur hier, um Werkzeug zu holen. Fred entschuldigte sich, sagte, dass er hier zufällig vorbeigekommen sei und sich die Schule anschauen wolle, in der seine Frau als junges Mädchen gelitten habe.

Der Arbeiter lachte. »Sie war sicher nicht die Einzige. Das ist eine ganz ungute Weiber-Partie gewesen. Passen Sie auf, dass Sie nirgends reinfallen«, sagte er, drehte sich um und ging zurück. Als er wenig später das Gelände verließ, winkte er Dreier zu, der auf einem umgestürzten Baum saß, sein aufgeschlagenes Paperblank auf den Oberschenkeln.

Fred orientierte sich und ging zu der Stelle, von der er annahm, dass dort die Spalte im schwarzen Stein geendet hatte. Er setzte sich auf einen kleinen Felsblock und las in seinem Paperblank die Eintragung mit seinem Geständnis. Er riss die zwei Seiten heraus, legte sie vor sich auf den Boden und zündete sie mit Streichhölzern aus dem Hotel an. Dann kniete Dreier sich auf den Waldboden und beugte sich so weit wie möglich hinunter, um dabei zuzusehen, wie das Papier, auf dem sein Geständnis stand, verbrannte und die dünne Asche vom Wind in den Wald geblasen wurde.

VIII – HAPPY END

1

Fred Dreier lebte allein besser als je zuvor.

Er suchte aus seinen mitgebrachten Dokumenten den Ordner mit finanziellen Unterlagen, blätterte die Kontoauszüge durch, nahm einen Block und begann zu rechnen. Die Familienfinanzen waren immer Angelegenheit seiner Frau gewesen. Nun stellte er fest, dass mit seinem Literaturgeld, dessen genaue Höhe ihn als schreibenden Herrn Professor nicht brennend interessiert hatte, ein bescheidenes Leben mit Unterhalt für die Kinder knapp nicht möglich war. Seine Einnahmen ergaben sich aus Lesungshonoraren, Buchverkäufen bis an die Tausendermarke, manchmal war ein Text von ihm im Radio-Landesstudio produziert worden und es hatte Literaturstipendien gegeben, die er trotz der mit den Projekten eingereichten Lehrerbiografie bekommen hatte, worüber er sich in seiner kurzen Zeit als freier Schriftsteller so oft empört hatte, dass er dieses steuerfreie

Geld dann betreten verschweigen musste. Fred sah auf die Zahlenkolonnen. Würde er morgen zu unterrichten aufhören, könnte er bei sparsamem Lebenswandel auch ohne Schule leben. Dieses Schuljahr noch abschließen, drei Monate noch, und dann weg von hier, einfach an einem anderen Ort weiterleben, dachte Fred Dreier.

Doch er blieb.

Und dachte so viel wie noch nie an seinen Sohn und seine Tochter. Vergaß zum ersten Mal nicht Nicks Geburtstag, der sich über Freds Anruf freute und die Einladung ins Kino gerne annahm. Danach aßen sie in einer Pizzeria und redeten über vieles, was längst gesagt werden musste. Nick fragte seinen Vater nicht nach dessen Privatleben, sondern zeigte ihm ein Passfoto von Dagmar, die seinem Vater gut gefiel; als Fred ansetzte, um den Junior an Kondome und so weiter zu erinnern, lachte Nick und deutete auf seinen Rucksack. Auf der Fahrt durch die Nacht spürte Fred, dass seinen Sohn etwas beschäftigte. Seiner ersten Frage wich Nick aus; als Dreier nicht nachgab, sah Nikolaus ihn an und sagte: »Warum?«

Fred verstand nicht, was er meinte.

»Warum hast du das alles getan? Ivica, ich kannte den auch aus dem Klub. Ich sag nicht, dass er gelogen hat, aber ich meine, warum hast du das alles für ihn getan?«

Dreier sah auf die Straße und dachte nach. Er spürte Nicks Blick und sagte: »Deine Mutter hat mir diese Frage nie gestellt.«

Sein Sohn zuckte die Achseln.

Fred sah Nick ins Gesicht und sagte: »Kannst du dir nicht vorstellen, warum ich das alles getan habe?«

»Nein. Du hast für Ivo alles aufs Spiel gesetzt, dein ganzes Leben, unser Leben.«

Fred Dreier schwieg, dachte daran, seinem Sohn die Wahrheit zu gestehen, aber er stellte sich vor, was es für Nick bedeutete, wenn er um den Fehler seines Vaters wusste und er Ivo als eifersüchtigen Lügner neu kennenlernte. Welchen Sinn hätte diese Wahrheit? – Fred schaffte es nicht, sie auszusprechen, aber es war keine Lüge, als er sagte: »Ich weiß nicht warum. Ich musste etwas tun. Vielleicht warst du der Grund, auch wenn ich damals nicht an dich gedacht habe. Aber ich weiß, dass ich dasselbe getan hätte, wenn du mir so etwas wie Ivica erzählt hättest.«

Nick sah seinen Vater an und wirkte überzeugt.

Dreiers Leben in diesen Tagen war voller Ereignislosigkeit, die ihm guttat. Er flog nicht nach London, Paris oder New York, sondern fuhr von Montag bis Freitag in seine Schule in der Stadtmitte, mit dem Gefühl, seine volle Lehrverpflichtung abzudienen. Manchmal dachte er auf seiner Fahrt zum Dienst durch die österreichische Provinzhauptstadt Linz »I'm going downtown« in L. A. oder N. Y. Und dann beschlich ihn der Wunsch, ab morgen seinem Leben hier unentschuldigt fernzubleiben. Aber am nächsten Tag wagte er es dann doch nicht, weil er sich damit nur verdächtig gemacht hätte.

2

Auch Franz Miesenböck schaffte es auf die Titelseiten – mit Verspätung.

Aber als man seine Leiche auf dem Boden unter dem Aussichtsturm fand, war nicht sein Tod die Geschichte. Fred Dreier las in den Zeitungen, was wirklich passiert war: Der Bürgermeister war am Tag des Brandes von Ralf Waders Pfarrhof spät in der Nacht gesehen worden, wie er rund um den Pfarrhof schlich. Er war zweifelsfrei erkannt worden, und es wurde ermittelt, dass er der Brandstifter und Mörder des Priesters war. Alle wussten, dass der Pfarrer eine Affäre mit Frau Miesenböck hatte.

Außerdem ermittelte die Kriminalpolizei gegen den Lokalpolitiker, der in Leserbriefen an das Lokalfernsehen die Entfernung des gottlosen Deutschlehrers Fred Dreier aus dem Schuldienst gefordert hatte. Miesenböck war Zielscheibe des Milieus geworden. Bald stand fest, dass es um das Bordell in der von Miesenböck vermieteten Immobilie ging. Dass in diesem Etablissement von der Ehefrau des Hauseigentümers vermittelte, illegal im Land lebende Ausländerinnen tätig waren, hatte sich als Lüge eines konkurrierenden und verhafteten Zuhälters herausgestellt. Der Parteiausschluss des Politikers hatte sich durch seinen Tod erübrigt. Fred las immer wieder dieselben Geschichten und presste beide Fäuste an seinen Mund, um seine Jubelschreie zu unterdrücken – das alles hatte mit Professor Dreier nichts zu tun, er wurde in keinem einzigen Artikel erwähnt.

Und dann kamen die Leserbriefe.

Das Volk war auf Fred Dreiers Seite. Bürger und Steuerzahler ließen unter Angabe ihres Namens und Wohnortes keinen Zweifel daran, dass nicht nur ihrer Meinung nach Miesenböck die gerechte Strafe ereilt habe, sondern dass der Mann seiner Bewegung, die als einzige politische Kraft etwas gegen die Ausländer tat, beim Kampf gegen die Überfremdung unserer Heimat in den Rücken gefallen wäre. Einige Leserbriefschreiber wussten mehr als die Polizei – sie meldeten, dass der Bürgermeister zu diesem Aussichtsturm gefahren war, der unweit von Bad Großpertholz aus dem Wald ragte, und dass er diesen Turm bewusst gewählt habe, um mit Blick auf seine Gemeinde in den Tod zu springen. Sein Leben galt als verpfuscht: Ehefrau weg, Hof pleite, die Kriminalpolizei ermittelte gegen ihn, Parteiausschluss, man sprach Klartext: Miesenböck war kein Verlust. Sein Selbstmord nur die Konsequenz seines Scheiterns.

Die Lektüre dieser Briefe jagte Fred heiße und kalte Schauer über den Rücken. Was er fühlte, war unbeschreiblich – aber es kam kein Schuldgefühl in ihm auf. Dass ausgerechnet diese Menschen ihn freisprachen, das war ein Triumph, den er bis zum letzten Tag seines Lebens nicht vergessen würde.

Dass er von Fabian Pitter nichts mehr hörte, tat ihm gut.

Etwa sechs Wochen nach Miesenböcks Tod standen sie einander im offenen, überdachten Raum vor dem Eingang ins Kinocenter gegenüber, als Fred aus der Drehtür trat. Der Kriminalist blieb stehen. Dreier sagte kopfschüttelnd: »Wieso höre ich nichts mehr von dir?«

»Ich habe viel zu tun.«

Fred schlug vor, dass sie in einem der Lokale des Centers etwas tranken, doch Pitters Film begann in zehn Minuten. Sie standen vor dem Kinoeingang. Fabian wollte freundlich sein und fragte Fred, was seine Literatur mache. Das klang zwar nicht tatsächlich interessiert, aber Fred empörte sich über Schriftstellerkollegen, die frei vom Druck, Geld verdienen zu müssen, vor sich hinschrieben, da die Ehefrauen pünktlich ihr Gehalt aufs Konto bekamen und die laufenden Kosten bezahlten.

Pitter lachte und sagte, dass Fred wie ein Kleinbürger klinge und selbst auch nicht gerade schlecht verheiratet gewesen wäre. Dreier beeilte sich zu erklären, dass er geradezu gegen ihren Willen von Anfang an für sein Leben im Haus seiner Gattin gezahlt habe. Da klopfte Pitter Fred auf die Schultern, wünschte ihm frohes Schaffen und ging ins Kino. Dreier sah ihm nach und bemerkte die bildschöne, dunkelhaarige Frau, die beim Eingang auf Fabian wartete.

Am Abend griff Dreier zum Telefon, hielt den Hörer einige Sekunden in der Hand und rief seinen Sohn Nick an, um mit ihm über nichts Besonderes zu reden. Am Freitag ging er mit ihm ins Fußballstadion. Dort redeten sie über seine Matura, die er heuer machen würde. Nick erzählte, dass er von seiner Mutter wisse, dass Fred ihn Nikolaus getauft habe, um ihn nach Hemingways »Nick Adams Stories« rufen zu können. Und als Nick ihm sagte, dass er es ziemlich cool fände, nach Hemingway getauft worden zu sein, und dass er erst kürzlich diese Geschichten gelesen habe und sie echt stark fände, ja, da war Fred plötzlich so glücklich, dass ihm Tränen in die Augen schossen; er wusste sich nur damit zu helfen, dass er ihn umarmte und drückte, als hätte der LASK gerade ein Tor geschossen.

Am Samstagabend ging Fred mit seiner Tochter Samira und zwei ihrer Freundinnen ins Programmkino, wo in einer Retrospektive »American Beauty« gezeigt wurde. Während sie auf den Beginn der Vorstellung warteten, erzählten die Mädchen vom Deutschunterricht der sechsten Klasse ihres Gymnasiums. Fred lauschte den Worten seiner Tochter, doch im finsteren Saal sitzend schweiften seine Gedanken ab und bei der Erinnerung an die Blicke der Freundinnen seiner Tochter sah er sich als Kevin Spacey, der in einem Meer aus roten Rosenblättern von der Liebe mit einem Teenager träumte.

Nach dem Film holten sie Helene vom Landestheater ab, wo sie sich mit Arbeitskollegen »Nora« von Henrik Ibsen angesehen hatte. Die Mutter berichtete danach im Szenelokal Wunderbar darüber, wie es ihr dabei erging, wieder ganztags im Marketing der Möbelfirma zu arbeiten, in der sie nach dem Abbruch ihres Betriebswirtschaftsstudiums als junge Mutter einen Halbtagsjob begonnen hatte. Fred dagegen erzählte von seiner Zeit als freier Journalist und davon, wie er zu Jerry Lee Lewis, Rod Stewart oder Prince backstage vorzudringen hoffte, um diesen Weltstars Fragen zu stellen. Die Mädchen, die meist unter sich sprachen und nur ab und zu den Worten Samiras Eltern lauschten, schienen nicht zu wissen, von wem er da genau sprach.

Dann war das erste Familienwochenende seit Monaten vorbei.

Am Montag traf er zufällig wieder Helene.

Sie saß mit einem weißhaarigen Herrn in einem Café, das er aus einer Laune heraus zum ersten Mal betrat. Sie bemerkte ihn nicht. Erst beim Gehen blieb sie an seinem Tisch stehen und war begeistert von diesem Zufall.

Sie sah gut aus, kein Zweifel. Er roch ihr betörendes Parfum, doch staunte sie darüber, wie wenig er sie begehrte. Helene setzte sich ohne Einladung zu ihm und legte los: »Der alte Herr ist mein Chef, der mich, du bist Zeuge eines historischen Moments, gerade zur Chefsekretärin befördert hat. Sein arroganter, überforderter Sohn ist gefeuert und ein externer Geschäftsführer ist engagiert worden, ich habe nun viel Verantwortung, und wenn der alte Chef sich in den Ruhestand zurückzieht, wird er den Betrieb verkaufen und mit einem Teil seines Geldes soziale Projekte finanzieren«, berichtete sie mit Genugtuung und fügte hinzu, dass diese Projekte Stoff für Reportagen bieten würden. »Melde dich, ich kann dir einen Termin machen, der Alte handelt nach der Devise: Tue Gutes und sprich nicht davon.«

Fred war beeindruckt.

Sie fragten einander nicht, ob es jemand in ihrem Leben gab, und waren sich darin einig, die Scheidungsformalitäten in einer Anwaltsstunde abzuwickeln; es würde kein Problem sein, im Scheidungsvertrag auch für den Fall einer zweiten Ehe Freds ihre Witwenpension festzuschreiben, immerhin hätte sie ihre Karriere den gemeinsamen Kindern geopfert. Fred berichtete von seinen Begegnungen mit den Kindern, ihm gefiel, dass Nick nach dem Zivildienst Betriebswirtschaft studieren würde, Literatur interessiere ihn, aber nur als Leser. Sein Sohn rechnete es Fred hoch an, dass er nie versucht habe ihn zu manipulieren, wie das viele Väter seiner Freunde taten, schon alleine dafür würde er seinen Vater immer respektieren.

Über meine Kinder darf ich mich nicht beklagen, dachte er, mit deren Mutter im Café sitzend, gerade als sie vorschlug, auf einen Sprung in sein Hotel mitzukommen, wobei sie kicherte. Fred lehnte dankend ab und sagte: »Ich werde mir eine Wohnung suchen.«

Helene lachte und sagte: »Das wurde auch Zeit, findest du nicht?«

Da musste auch Fred lachen: »Ja.«

Und dann gestand er ihr, erst mit fast fünfzig im Hotel begriffen zu haben, dass er dort, wo er fünfundzwanzig Jahre gelebt hatte, nie zu Hause gewesen wäre. Den Swimmingpool hatte ihr Onkel bezahlt, der nicht mehr mit ihm redete, seit Fred ihm gesagt hatte, dass die von ihm seit Jahren gewählte Partei der Anständigen, Ehrlichen und Fleißigen ein Haufen von Schwachköpfen sei. Er schwamm seit dieser Diskussion kein einziges Mal in diesem Becken, sondern verbrachte viele glückliche Stunden allein am See, den er mit einer zehnminütigen Autofahrt erreichte. Er war froh über diesen Streit, der ihn entschuldigte; nichts hatte Fred so gelangweilt, wie an den Sonntagen mit Onkeln, Tanten, Frau und Kindern im Schatten von Helenes Haus am Rand des Pools zu sitzen.

Helene wirkte erstaunt.

»Du hast dein Haus allein eingerichtet. Nach deinem Geschmack.«

Ihm war wenig so egal wie die Küchen-, Wohnzimmer- und Schlafzimmermöbel dieser Welt, während Helene nicht müde geworden war, Möbelhauskataloge und Sonderangebote zu studieren, zu vergleichen und sogar mitunter eifrig in ihren Taschenrechner tippend zu berechnen. »Ein Anblick, der mich stets gerührt hat. Ich weiß bis heute nicht, was du da gesehen hast. Für mich war der eine Wohnzimmertisch so wie der andere. Das war nichts Besonderes. Kleinbürgermöbel für Kleinbürgerwohnungen, in denen Kleinbürgerleben stattfinden. Du hast mich gelöchert, ich hab dem zugestimmt, von dem ich annahm, dass es dir gefällt. Für mich war die Neueinrichtung des Hauses, in dem du mit deinem Mann gelebt hast, eine Verschwendung, schade um diese vielen Möbel. Wenn wir gemeinsam in irgendwelchen Möbelhäusern unterwegs waren, weil du dir Möbelstücke nach dem Prospekt nicht richtig vorstellen konntest und diese Dinge in der Wirklichkeit mit eigenen Augen sehen musstest, hatten wir jedes Mal eine Ehekrise.«

Sie schien sich zu ärgern: »Das ist nicht meine Schuld.«

»Es geht nicht um Schuld, sondern um Stil. Und alle deine Kommoden, vollgestellt mit diesem Zeug, diese Bilder, mit denen alle deine Wände zugepflastert sind, ich kenne die Schöpfer dieser Werke, sie unterrichten an Schulen des Bezirks, Wahnsinn, mir hat da gar nichts gefallen.«

Nach einer Stunde verblüffte Helene ihren Mann: »Danke für deine Ehrlichkeit. Schade, dass wir nicht früher so geredet haben.«

3

Am Abend dieses Tages lag Fred im Bett und fühlte sich gut.

Er hatte es sich in seinem Leben mit Helene so eingerichtet gehabt, dass es auch ohne Erfolg als Schriftsteller funktionierte. Projektpläne hatten sich mit den Jahren aus der Mitte an die Ränder seines Denkens entwickelt – nichts beantwortete alle Sinnfragen so gründlich wie der Anblick eines Säuglings, den du nur zärtlich streicheln und vorsichtig berühren kannst. Nick und Samira waren dafür verantwortlich, dass er Lehrer geworden und immer weniger Schriftsteller gewesen war, ihre entzückenden kleinen Mäuler zu füttern war eine Lebensaufgabe, der er nicht entkommen war. Von seiner antikapitalistischen Empörung über die Konservativen, die Rechtslastigkeit der Gesellschaft unter dem Segen der heiligen katholischen Kirche und über die Verblödung des Volkes im Musikantenstadl war wenig übrig geblieben. Professor Dreier schrieb wenig, unterrichtete mit dem Gefühl, nichts Besonderes, aber auch nichts Schlechtes zu tun, in der Freizeit ab und zu Programmkino, selten Theater, immer seltener zu Lesungen von Leuten, die er von früher her persönlich kannte. Seine Begeisterung für die Tottenham Hotspurs, Miles Davis oder Handball war Erinnerung. Er hatte bürgerlich in einem großen Haus gelebt, in einem Büro mit Seeblick gesessen und Schuld war ein Thema von Kafka-Problemerörterungen, die er junge Menschen als Schularbeiten schreiben ließ. Hass erlebte er im Kino oder im Fernsehen. Harmlosigkeit war das einzige Vollendete in seinem Leben – doch mit fünfzig Jahren lag Fred Dreier in einem Hotelzimmer und war frei.

Er verschränkte die Hände im Nacken, studierte die Decke und rekapitulierte die Gespräche mit Fabian Pitter – Satz für Satz. Fabian hatte gewirkt, als erfülle er eine Pflicht, an die er nicht wirklich glaubte. Leidenschaftliches Interesse an der Aufklärung der Todesumstände des Politikers Franz Miesenböck stellte Fred sich anders vor. Ihm war klar, dass er hauptverdächtig war und ihn nur diese Rotlichtgeschichte gerettet hatte; und natürlich die Behauptung dieses selbstmörderischen Sprungs vom Turm; das klang alles so plausibel – außerdem müsste es Kriminalinspektor Pitter doch egal sein, wenn irgendein Rechter, der seine Frau verprügelte und davon träumte, sein Heimatland von Ausländern zu befreien, weniger auf der Welt existierte. Darüber würde ich gerne mit dir reden, dachte Fred Dreier.

Und hatte an diesem Abend in seinem Hotelbett liegend die Idee, über diesen Fall zu schreiben. Und plötzlich erschien ihm das erste Mal seit Jahren sein

Leben nicht so klein wie am Vortag. Ihm war, als ginge es um einen anderen, dessen Geschichte ihm erzählt worden war, damit er etwas aus ihr mache; es war eine spannende Geschichte, mit der er viel anfangen konnte und die mehr mit ihm zu tun hatte, als er bis zu diesem Moment verstanden hatte; die Zusammenhänge mit seinem Leben herauszufinden, würde ihm Vergnügen bereiten, die Authentizität der Fiktion war garantiert durch sein Leben. Fred Dreier wusste, dass ihm nichts mehr passieren würde. Er war in Sicherheit.

Und lange nach Mitternacht dieses Tages trat er aus dem Hotel, in dem er wohnte. Draußen war es kalt und leer. Kein Mensch war auf der Straße. Er ging durch die schlafende Stadt, vorbei an dunklen Eingängen und Auslagen vor schwarzen Räumen. Der Fluss im Norden zog ihn an. In der Fußgängerzone brannte kein einziges Licht. Es begann zu regnen. Er spannte seinen Schirm auf und ging, während der Regen auf den Schirm prasselte, über das Kopfsteinpflaster der Altstadt. Er ging und begriff, dass den Verlauf seines Lebens nicht er, sondern die Ampel an der Europa-Kreuzung gelenkt hatte.

Damit würde er seine Geschichte beginnen.

Er stand in dieser Nacht da und suchte nach dem richtigen Wort: Dieses Engagement für Ivica war ihm passiert. Alles, was er für ihn getan hatte, war ein Fremdkörper, der zum fünfundzwanzigjährigen Reisenden Fred, aber nicht in das Leben des fünfzigjährigen Professors Dreier passte. Die Selbstverständlichkeit, mit der er Drago versprochen hatte, sich um seine Sache zu kümmern, verstand er im Nachhinein nicht mehr. Und Fred begriff, dass er sein neues Leben Ivica und dem Tod von Franz Miesenböck verdankte. Die Welt war durch den Tod dieser Menschen um kein Gramm schlechter. Fred erschrak darüber, wie leicht es ihm fiel, an den Nachmittag auf dieser Aussichtswarte zu denken.

Und er ging weiter durch die Stadt, als hätte er ein Ziel.

Am nächsten Tag trat David Bowie auf seiner Welttournee bei seinem einzigen Österreich-Konzert im Stadion der Stadt auf. Fred holte seinen Sohn ab und stand mit ihm inmitten von Dreißigtausend, die aus dem ganzen Land und dem benachbarten Ausland angereist waren. Er sang sehr viel und sehr laut – und als Bowie »Changes« spielte, war Fred Dreier so glücklich wie noch nie.

4

Am nächsten Morgen sprang er aus dem Bett.

Und ging auf Wohnungssuche. Er hatte beim Blick in den Sternenhimmel über ihm und Bowie auf der Bühne sein Leben inmitten von weiten, freien Flächen gesehen und beschlossen, die erste eigene Wohnung seines Lebens so einzurichten, um diese Idee von Grenzenlosigkeit zu verwirklichen.

Aber wo? Fred hatte keine Ahnung, wo er wohnen wollte.

Die Immobilienteile der Zeitungen kannte er nur vom Überblättern, darin gelesen hatte er noch nie. Während seine Freunde am Beginn ihres Studiums oder nach dem Auszug von Zuhause mit viel Liebe zum Heimwerken billige Wohnungen ausmalten und in Stand setzten, war er unterwegs gewesen. Fred hatte das Tun der anderen insgeheim belächelt und als den Beginn staatserhaltender Kleinbürgerei angesehen, die mit dem Bau eines Eigenheims, monatlicher Ratenzahlung bis ans Ende ihrer Tage und Scheidung endete. Aus Überzeugung hatte er als Student im Studentenheim oder in Wohngemeinschaften gelebt und sich noch nie ein Möbelstück ausgesucht und gekauft, sondern stets möblierte Räume bezogen. Der Bau eines eigenen Hauses war für ihn seit jeher eine völlig ausgeschlossene Absurdität. Das prächtige Haus, in dem Fred gewohnt hatte, gehörte seiner Frau.

Doch dann ging alles sehr schnell.

Ein Freund eines Kollegen hatte einen Bekannten, der zu seiner Freundin zog, sich scheiden ließ und ein abbezahltes Haus besaß, das er vermieten wollte.

Fred sah dieses Haus und war hingerissen.

Es stand in einem Vorort der Landeshauptstadt, im Viertel Solar City, am Rand der Stadt, in der Nähe von drei Seen, zu denen er früher manchmal zum Baden, Lesen und Schreiben auf einer der Bänke am Ufer oder mit Frau Dr. Leopold in die Büsche gefahren war. Die Hausmauern waren neu, weiß und hellgelb. Das Dach war ein Pult. Auf den Balkon, der im Obergeschoss rund um das ganze Haus führte, öffneten sich die Türen des Schlaf-, Wohn- und eines Gästezimmers. Er wusste auf den ersten Blick, wo sein Büro sein würde, mit Blick auf weite Felder und den Auwald in etwa zwei Kilometern Entfernung.

Der Makler, über dessen Büro die Übernahme abgewickelt wurde, ging mit ihm durch die Räume und berichtete, dass die verlassene Ehefrau darauf bestanden hatte, hier eigenhändig sauber zu machen – dabei ging sie mit einem Schlegel durch die Räume und zertrümmerte jedes einzelne Stück der Einrichtung. Sie wirkte nicht besonders aufgeregt, ging erst hier rein, dann dort, wieder zurück, dann da heraus und dort hinein, nach unten, und sie war sich zuletzt nicht zu blöd, eine Säge zu holen und das Zeug zu zerschneiden. Der Makler klang fasziniert, als er beschrieb, wie es hier ausgesehen hatte: Sägespäne, Glasscherben, Holztrümmer überall. »Aber sie hat auf den Parkettboden aufgepasst, und Abtransport und Reinigung waren bezahlt«, sagte der Mann. »Ihre Therapeutin hatte diese Idee gehabt. Wenn Sie mich fragen, sind das überspannte Weiber mit zu viel Tagesfreizeit.«

Dreier stellte keine Fragen, sondern war froh. Besitz hatte ihn nie interessiert – und jetzt ging er durch sein Haus. Die Räume waren leer und warteten auf ihn.

Beim Gehen genoss er den Hall seiner Schritte auf dem hellen Parkettboden.

Drei Tische, sechs Sessel, ein Badezimmerspiegelschrank, ein Doppelbett, ein Kleiderkasten, Kühlschrank und Küche, auch wenn er nicht vorhatte zu kochen, lautete die Erstausstattung. Dazu kamen Geschirr, ein Schreibtisch und ein Beistelltischchen, das ihm ein begeisterter Verkäufer zeigte, wobei er sich erlaubte, den Herrn auf die Vorhangwochen des Hauses hinzuweisen. Fred gelang es, seine Überraschung zu verbergen, an Vorhänge hatte er noch nicht einmal gedacht. Auf seinen fragenden Blick antwortete der Verkäufer: »Im Erdgeschoss, links hinten, Sie können das nicht übersehen.«

Professor Dreier bedankte sich und fuhr mit dem Lift nach unten. Tatsächlich war dieser Teil des Möbelhauses weitläufig. Fred betrat zum ersten Mal im Leben eine Vorhangabteilung und sah nichts: Viele Stoffe hingen gerade oder drapiert, bunt oder weiß durchscheinend vor holzgetäfelten Wänden oder vor angedeuteten Fenster- oder Türrahmen in verschiedenen Größen. Er ging herum und schaute suchend, wollte da oder dort etwas zur Seite schieben, um auf die Wand dahinter zu schauen, aber Dreier hatte keine Idee, was er suchte. Gerade als er bemerkte, dass hier nur weibliches Personal tätig war, fragte ihn eine blond gelockte Frau, ob sie ihm helfen könne.

»Hoffentlich.«

Sie fragte, was er brauche, und er sagte: »Vorhänge, für alle Zimmer.«

»Da brauchen wir einmal die Maße. Haben Sie einen Plan?«

Fred musste lachen. »Nein, eigentlich nicht.«

Auch sie musste lachen, so als wäre sie sich nicht sicher, ob dieser erwachsen wirkende Mann sich mit ihr einen Scherz erlaubte oder gerade einen Annäherungsversuch praktizierte.

Am nächsten Morgen kam sie zu ihm, nahm die Maße, besprach mit ihm, welche Modelle am besten passen würden, und ein paar Tage später hingen die Vorhänge vor der Aussicht in die Landschaft, gerade und einfarbig.

Man lieferte die Möbel und stellte sie so auf, wie Fred Dreier das wollte.

Dann war das Haus fertig eingerichtet.

Er checkte im Hotel aus und zog ein. Am Tag des Einzugs kaufte Fred sich eine Katze, die er »Maggie May« nannte. Am ersten Abend saß Fred Dreier im dunklen Zimmer auf der Couch mit ihr in seinem Schoß, sah hinaus in die Nacht über den Wald und sagte, während er das Tier in seinem Schoß streichelte: »Ich bin angekommen.«

Am nächsten Tag betrat er das Büro des Direktors.

Auf dessen Tisch stand eine kleine digitale Wiedergabefläche, aus dem allen Eintretenden die immer wiederkehrenden Bilder der an dieser Schule tätigen Lehrkräfte lächelnd entgegensahen. Fred hatte um dieses Gespräch gebeten, um sich für ein Jahr zu verabschieden. Die Überprüfung seiner Finanzen hatte ihn darin bestärkt, sein erstes Sabbatical zu wagen, er wusste nicht, ob er je zurückkommen würde. Sein Chef reagierte erfreut, gratulierte ihm zu diesem Entschluss und meinte, dass wenige sich eine Auszeit so wie er verdient hätten.

Fred dachte: Kann es sein, dass die froh sind, mich los zu sein?

Irgendwie war im Konferenzzimmer bekannt geworden, dass die Kriminalpolizei sich mehrere Male mit Dreier unterhalten hatte. Viel Gerede hatte es schon bei Pater Ralfs Ende gegeben. Irgendwer hatte dann auch berichtet, dass Fred auch den unter ungeklärten Umständen verstorbenen Lokalpolitiker gut gekannt habe, was diesem offensichtlich nicht gut bekommen wäre. Egal, dachte Professor Dreier, dem diese Gerüchte um seine Person sogar ein wenig gefielen.

Sein fünfundzwanzigstes Dienstjahr endete so wie die Jahre davor: Jahresnoten, Konferenzen des Lehrkörpers, Matura, Ärger, Trauer, Freude und Glück junger Menschen. Danach hatte er frei. Ein Jahr lang Ferien, in denen ihm seine Rettung gelang: Er las dreißig Bücher, deren Lektüre er für die Zeit seiner Pension vorgesehen gehabt hatte, er schrieb fünf Buchbesprechungen – und Fred Dreier schrieb den vierten Roman seines Lebens.

Schrieb in neun Wochen ein Buch.

Lebte allein in einem geräumigen Haus, inmitten von weißen Wänden mit Aussicht auf die Landschaft hinter dem Rand der Stadt. Saß am Abend nicht vor einem Fernseher mit hundertsieben Zentimeter Bilddurchmesser, sondern vor seinem MacBook Air und schrieb, ging durch seine Räume der Freiheit, stand lange vor den weiten Flächen seiner Mauern, über die er mit der Hand strich, bevor er sich wieder setzte und weiterschrieb, die Geschichte eines Kleinschriftstellers, dem sein – naiver! – Glaube an das Gute zum Verhängnis wurde. Als er an einem Donnerstag das letzte der 328.946 Zeichen tippte, war es Februar. Die neun Wochen dauernden Sommerferien, in denen Fred früher am meisten geschrieben hatte, und dreiundsechzig Tage waren vergangen.

Die Beziehung zu Kommissar Fabian Pitter hatte sich zu einer Lebenskonstante Freds entwickelt. Soweit das mit jemand, der ihn mehrmals zum Tod von Ralf Wader und Franz Miesenböck verhört hatte, möglich war, verband die zwei eine Art Freundschaft. Nachdem sie sich einander einige Zeit nach den Verhören einmal im Publikum einer Lesung begegnet waren, redeten sie bei gelegentlichen Treffen im Café und gemeinsamen Kinobesuchen über Literatur, Filme, Reisen, aber nie über Frauen. Dass Fred ihn eines Vormittags mit der Gemahlin des Polizeipräsidenten aus einem Auwald am Stadtrand kommen gesehen hatte, war nie Thema eines Gesprächs, so wenig wie ihre zwei Fälle. Fred kam nie auf die Idee, dass der Ermittler an ihm dranbleiben wollte, um den Fall Miesenböck aufzuklären. Anstatt ihn zu fürchten, dachte Fred manchmal daran, Fabian zu einer gemeinsamen Reise nach Prag, Paris oder London einzuladen, was ihm zuletzt übertrieben und aufdringlich erschien.

Freds Sorglosigkeit hatte auch damit zu tun, dass er nach seinem Jahr in der Freiheit mit zweiundfünfzig Jahren eine um zwei Jahre jüngere Frau kennengelernt hatte, die ein turbulentes Leben hinter sich ließ und froh war, an der Seite von Professor Dreier so etwas wie Ruhe in ihrem Leben zu finden. Das Unterrichten machte ihm nach dem Sabbatical so viel Freude wie noch nie. Sein Roman erschien bei einem renommierten österreichischen Verlag. Man verkaufte über zweitausend Stück. Er las zwanzigmal für ein Honorar vor, war in Frankfurt an der Oder Gast einer literarischen Talkshow, und er tauchte mit seinem Roman sowohl im Radio als auch kurz im Fernsehen aus dem medialen Meer auf. Fred Dreier erlebte zum zweiten Mal im Leben – als Schriftsteller! – fast so viel Aufmerksamkeit, wie er nach dem Treffen mit Drago durch Ivicas Geschichte gehabt hatte. Und er spürte wieder seinen gesunden Appetit, der ihm zu schaffen machte. Er nahm rasch zu und wurde fast dick, bis er seine Schwäche überwand und es schaffte, die Energie aufzubringen, um an den Abenden wieder um den See zu laufen. Er fühlte sich in den Wochen und Monaten danach von Tag zu Tag besser.

So vergingen Jahre, in denen er sich anders kleidete. Wie früher. Am Beginn seiner pädagogischen Tätigkeit ließ er Jeans und die bei den Konzerten gekauften Rock-T-Shirts im Kleiderschrank immer weiter nach hinten wandern, weil Helene sagte, dass man so nicht in die Schule gehen könne. Er hatte als Ehemann keine Sekunde über seine Kleidung nachgedacht, die ohnehin seine Ehefrau ausgesucht und gekauft hatte und die ihm mit der Zeit dann immer irgendwie gefiel. Als Geschiedener ertappte er sich dagegen öfter beim Blick in die Auslagen von Boutiquen. Und Fred entwickelte mit vierundfünfzig Jahren seinen persönlichen Kleidungsstil, über den der Großteil seines Kollegiums sagte, wie ihm der Schulwart berichtete, dass da einer offensichtlich nicht alt werden könne. Er genoss die Blicke der Lehrerinnen und seines Publikums in der Schule.

Bis zu jener regnerischen Nacht Anfang Oktober.

5

Als sein gutes Leben endete, war Fred Dreier auf der Heimfahrt von einer Programmkino-Vorstellung, die seine Freundin nicht interessiert hatte. Er freute sich auf sie und aufs Heimkommen und kramte, dabei einen Moment lang nicht auf die Straße sehend, in den auf dem Beifahrersitz liegenden CDs, als er auf der langen Gerade vor Solar City aus den Augenwinkeln heraus einen Menschen sah – zu spät, im Augenblick, in dem diese Gestalt aus der Finsternis heraus auf die Straße trat.

Torkelte.

Von rechts nach links.

Stolperte.

Genau vor Freds Auto. Und dann ertönte dieser dumpfe, harte Knall.

Fred fuhr auf den Kies neben der Straße.

Bremste, riss die Tür auf, sprang heraus und rannte zurück. Ging neben dem von ihm überfahrenen Menschen in die Knie, prallte zurück vom Gestank dieser Person, deren Geschlecht er auf den ersten Blick nicht erkennen konnte. Er überwand seinen Ekel und beugte sich hinunter, um den Atem dieses Menschen zu überprüfen.

Doch da war nur Stille und das Rauschen des Regens.

Er erhob sich.

Stand im Regen da und sah auf diesen stinkenden Körper.

Eine Frau.

Ihre weit aufgerissenen Augen starrten ins Licht der Straßenlaterne. Ihr Kopf war unnatürlich zur Seite verdreht, lag in einer Lache aus Blut, das sich schnell ausbreitete und vom Regenwasser verdünnt wurde, mit einer Lautlosigkeit, die ihn entsetzte.

Fred stand da und schrie.

Sah sie an.

Tot.

Erst jetzt nahm er den Alkoholgeruch wahr. Und die fünf prall gefüllten Plastiksäcke, von denen zwei zerplatzt waren, sodass stinkend schmutzige Kleidungsstücke und Dinge über die Straße verstreut im Regen lagen.

Eine Schlange von am Straßenrand parkenden Autos hatte sich gebildet. Leute stiegen aus und kamen nach vorn. Jemand sagte, dass er schon die Polizei verständigt habe, der Posten Solar City sei nur dreihundert Meter entfernt.

Eine etwa fünfunddreißigjährige Frau stand neben Fred, sah auf die regungslos daliegende Frau, legte ihm tröstend ihre Hand auf die Schulter und sagte: »Machen Sie sich nichts draus. Das ist besoffenes Gesindel. Ich habe alles gesehen. Sie können nichts dafür. So etwas kann jedem von uns passieren.«

Die umstehenden Menschen murmelten beipflichtend, einige schimpften in Richtung der Toten. Manche wirkten erstaunt darüber, dass da jemand wegen so einer solche Verzweiflung entwickelte.

Fred sah in das rot-schmutzige Gesicht der Frau. Dann wandte er sich ab, blickte in den Himmel dieser Nacht und weinte. Stand alleine da, spürte seine Tränen, die sich mit dem Regen vermischten, und weinte.

Dreier bemerkte nicht, dass die anderen Menschen weitergefahren waren. Manche der im Schritttempo vorbeifahrend aus ihren Autos Schauenden schienen sich darüber zu wundern, dass dieser Mann wegen einer Obdachlosen so ein Theater aufführte.

Dann waren Polizisten da. Einer fragte ihn, was passiert war. Fred redete, sie schauten herum, sahen zu, wie die Leute weiterfuhren, aber interessierten sich nicht für Augenzeugen, die nicht nötig waren, der Fall war klar, die Frau war ihm vors Auto gelaufen.

Die Polizisten beruhigten Fred, das Opfer war offensichtlich stark alkoholisiert und hatte weder gelitten noch überhaupt etwas mitbekommen. Man werde versuchen, die Identität zu ermitteln. Dreier absolvierte auf dem Posten einen Alkoholtest und schilderte den Unfallhergang, das von Dreier angegebene Kramen in den CDs wurde nicht aufgeschrieben, sondern als irrelevant abgetan, wegen einer allfälligen Gerichtsverhandlung müsse der Herr Professor sich keine Sorgen machen.

Eine halbe Stunde nach Mitternacht war Fred Dreier zu Hause.

Er duschte warm, saß dann im Bademantel da und dachte nach. Doch in seinem Kopf waren keine Gedanken. Nichts war da. Er stand auf, trat an die Glaswand und sah hinaus in die Nacht. Doch er sah nichts. In ihm war nur der Anblick dieser toten Frau, die ihm betrunken vor das Auto getaumelt war. Er sah den Kopf von Franz Miesenböck, der in seinem Blut versank, nachdem er ihn von diesem Aussichtsturm bei Bad Großpertholz geworfen hatte. Er spürte das Elend der Existenz dieser obdachlosen Frau, die im Alkoholismus geendet hatte, bis er sie mit seinem Auto überfuhr. Und plötzlich stand da dieser *eine* Gedanke: Das ist der *zweite* Mensch, den du getötet hast.

Fred griff zum Telefon und rief um ein Uhr in der Nacht Kommissar Pitter an. Der hob ab, nachdem es zweimal geläutet hatte, so als habe er auf diesen Anruf gewartet. Fred schwieg einen Augenblick, dann sagte er: »Fabian, ich muss dir eine Geschichte erzählen.«

IX – MAGGIE

1

Mein Geständnis war umfassend.

Ich erzählte und Fabian stellte keine Fragen, sondern saß mir in einem hellen und kahlen Raum des Polizeipräsidiums gegenüber, hörte zu, bot mir Kaffee an und fragte, ob ich rauchen wolle, was in Gebäuden des öffentlichen Dienstes zwar streng verboten sei, aber er würde gerne eine Ausnahme machen, weil er Lust auf eine Zigarette hatte.

Ich sah ihn an und lachte. Sagte, dass ich bis zu meinem einunddreißigsten Lebensjahr dreißig bis vierzig Zigaretten am Tag geraucht, damit aber aufgehört habe, glücklich darüber, nicht mehr rauchen zu wollen, was mir durch die Überwindung eines Müssens das Gefühl von Freiheit von gab. Am Eingang ins Gefängnis stehend hatte ich begriffen, dass Freiheit auch bedeutete, mir eine Zigarette anzuzünden. Ich sah Fabian Pitter ins Gesicht und sagte: »Ja. Gerne, Pall Mall, filterlos.«

Meine Geschichte endete mit der Katze Maggie May,

die ich mir als Eigentümer eines Hauses gekauft und die Joe Pollak in Pflege genommen hatte. Er brachte sie bei seinem letzten Besuch ins Gefängnis mit und wir redeten über die grandiosen Balladen Rod Stewarts, mit dem Joe einmal ein Interview gemacht hatte. Das nach dem Rockstar benannte Tier erkannte mich, obwohl es heißt, dass Katzen Eigensinn und Charakter haben, der es ihnen verbietet, besonders anhänglich zu sein oder gar die Treue von Hunden zu entwickeln, die angeblich schon an Blödheit grenze. Maggie schmiegte sich an mich und schnurrte zärtlich.

2

Ich blicke aus dem Fenster meiner Einzelzelle.

Aber ich sehe nicht die Gitterstäbe der Strafvollzugsanstalt Stein an der Donau, sondern die Kapelle, die auf einer Anhöhe im Schatten einer Linde steht, in der östlichen Ecke meines Blickfeldes. Ich drehe mich um und höre mit Blick auf die geschlossene Tür zu meiner Zelle dem Rauschen des Regens zu, der gerade aus dem Herbsthimmel in die Landschaft an der Donau fällt.

Ich schließe die Augen und erinnere mich an Sydney.

An eine Sommernacht, in die ich aus der Halle des Flughafens trete. Warmer Nachtwind ist in meinem Gesicht. Ich blicke nach oben in den Sternenhimmel und in mir ist nichts als Freiheit. Der fast leere Bus fährt aus dem Gelände des Flughafens hinaus durch Vorstädte in das Stadtzentrum, von wo ich mir ein Taxi zum Zentralbahnhof nehme und dort nach dem Aussteigen die Bahnhofsschließfächer suche. Eine in der Nähe des Haupteinganges lagernde Gruppe von fünf Aborigines und Slobodan aus Serbien, wie er immer wieder grölt, eilt herbei und umdrängt mich. Sie bieten mir einen Schluck Wein aus ihrer großen Gemeinschaftsflasche an, was ich beim Anblick des Gemeinschaftsspeichelweins dankend ablehne. Sie lallen auf mich ein. Slobodan beginnt vor meinen Augen, mit langsamen Fingern, mich dabei angrinsend, die Außentaschen meiner zwei Reisetaschen zu öffnen, wogegen ich mich im Gedränge nicht wehren kann, da die Taschen auf meinen Schultern hängen und ich sie mit beiden Armen gegen meinen Körper presse. Ich schreie sie an, sie erstarren, sind kurz erschrocken, und dann beginnt jeder der sechs schnaufend, ohne mir dabei ins Gesicht zu sehen, an meinen Taschen, meiner Hose, Jacke und meinem Hemd zu zerren.

Plötzlich ein Pfiff in der Nacht.

Ein blau uniformierter Mann läuft aus der zur Nachtstunde menschenleeren Weite des Zentralbahnhofs heraus auf uns zu, dabei in eine Trillerpfeife mit geschwollenen Backen blasend. Die Räuber stellen ihre Gemeinschaftsflasche ab und rennen stolpernd und torkelnd in verschiedene Richtungen davon, noch ehe ich begriffen habe, wie mir geschieht. Der Mann steht keuchend vor mir, lacht beim Blick in mein Gesicht und stellt sich als Bahnhofsvorstand im Nachtdienst vor. Er fragt, woher ich komme, und bedeutet mir, ihm ins Bahnhofsgebäude zu folgen. Ich antworte im Gehen und folge ihm durch die Halle in sein Büro, wo er kurz in einem Nebenraum verschwindet, zurückkommt und eine Thermosflasche mit zwei Gläsern auf seinen Bürotisch stellt. Dann sieht er mir gerade ins Gesicht und sagt auf Deutsch: »Ich bin Jack Gruber. Willkommen in Australien.« Er bricht in Gelächter aus, sagt, dass er mit seinem Deutsch schon am Ende sei, und erzählt mit Begeisterung, dass seine Großeltern aus Horn im Waldviertel, Österreich, kamen. Da bin auch ich begeistert und rufe aus: »I am Fred Dreier. And I am born in Horn! In 1961.« Er jubelt, packt meine Hand und ich muss ihm den Ort beschreiben. Er fragt immer weiter. Ich beschreibe ihm hügelige Landschaften mit Feldern, die sich um haushohe Granitblöcke herum bis an den

Horizont ausdehnen und in denen kleine Waldinseln zu schwimmen scheinen, manchmal steht ein uralter Baum an der Landstraße durch die Hochebene, darunter ein Bildstock im Schatten der ausladenden Äste. Ich erzähle ihm von meinen Militärdienst in Allentsteig und Herbsttagen, an denen ich über abgeerntete Stoppelfelder gegangen bin, durch den Regen, der die grauen Granitblöcke schwarz glänzen ließ und mir das Gefühl gab, in dieser melancholischen Schönheit schwerelos zu treiben, dabei für Stunden den Stumpfsinn des Militärs vergessend.

Der Bahnhofsvorstand sagt, dass ich ein Schriftsteller sei.

Ich lache und sage, dass ich noch gar nichts sei. Er ruft aus, dass mein Englisch großartig und ich ganz sicher ein Schriftsteller sei, das aber vielleicht selber noch nicht wisse, er kenne das Gefühl, nicht zu wissen, wer man ist. Und Jack Gruber erzählt, dass er als junger Mann Opale geschürft und an der Gold-Küste Hummer gefischt habe, dass er Koch gewesen sei, obwohl er gar nicht kochen konnte, dass er bei der Bahn als Schienenverleger angefangen habe und in den klaren Nächten, draußen in den Weiten Australiens, da habe er sich, vor seiner Bauhütte sitzend, beim Blick in den Sternenhimmel gefunden, obwohl er nie religiös gewesen sei, und heute, hier, in dieser Nacht, wisse er noch immer nicht, was damals beim Blick in den Sternenhimmel in ihm passiert sei. Jedenfalls sei er als ein anderer Mensch aus diesen Nächten nach Sydney zurückgekehrt, habe seine Freundin geheiratet und mittlerweile mit ihr nicht weniger als fünf Kinder. Er lacht dann bei jeder Gelegenheit, kann nicht fassen, dass er gerade in Australien einen Menschen aus dem Waldviertel, einen Fast-Verwandten, trifft. Wir erzählen einander Geschichten, trinken den fast geschmacklosen Kaffee aus seiner Thermosflasche und er nennt mich weiter den ersten Schriftsteller seines Lebens, der im letzten Moment Europa entkommen ist. Um drei Uhr beginnt seine Arbeit mit den Morgenzügen. Er warnt mich noch einmal vor den Gefahren der nächtlichen Großstadt und entlässt mich nach zwei Stunden schulterklopfend.

Nach seinen Erzählungen gehe ich zwischen Wolkenkratzern durch eine schlafende Stadt. Alle Lichter sind ausgeschaltet. Ich blicke entlang der Glas-, Stahl- und Betonwände nach oben. Der Wind zwischen den Häuserschluchten ist laut. Die Drahtseile an den Fahnenstangen aus Aluminium vor den Portalen großer Bankhäuser scheppern hohl. Ich sitze auf einem der Steinblöcke, die über einen weiten Platz verteilt daliegen, und beobachte einen erleuchteten Zug, der leer auf einer Stahlbetonschiene etwa fünf Meter über mir lautlos durch die Nacht gleitet und mit einem metallischen Knacken in der Ecke eines Hauses verschwindet. Eine Dose kollert im Luftzug scheppernd über einen Platz und über marmorne Stufen aus meinem Blickfeld. Ich ziehe meine Schuhe aus und wate durch das Steinbecken eines Brunnens, in dessen Mitte keine Fontäne, sondern nur ein leises Plätschern ist.

Ich folge der Stahlbetonschiene des Zuges. Das Geräusch meiner nackt-nassen Schritte hallt von den Hauswänden zurück. In einem Park beim Hafen stehen Sträucher mit großen Blättern und Blüten, die im Nachtlicht knistern. Sprühregen schwebt als durchsichtige Statue im Licht einer Laterne über einem Becken in der Luft. Vor dem Aufgang zur Diskothek auf der Anhöhe am Rand des Parks steht ein Bogen, auf dem große, hellblaue Leuchtbuchstaben montiert sind, die sich auf der glatt schwarzen Oberfläche eines Teichs spiegeln. Irgendwann in dieser Nacht vor vierzig Jahren stand ich dort und las »Disappear«.

Vor drei Tagen bin ich als fünfundsechzigjähriger Mörder in jener Einsamkeit angekommen, nach der ich mich ein Leben lang gesehnt habe, ohne von dieser Sehnsucht zu wissen. Weil wenigstens fünfzehn Jahre Haft vor mir liegen, vorausgesetzt, dass ich wegen guter Führung vorzeitig zum Sterben in die Freiheit entlassen werde, habe ich beschlossen, meinen Weg in dieses Gefängnis zu beschreiben.

Meine Entlassung ist 5475 Tage entfernt.

Ich drehe mich von der Zellentür weg und wende mich meinem Bleistift und zehn Heften zu, die vor mir auf dem Tisch liegen. Denn plötzlich ist da die Erinnerung an zwei Tote, die mich gesucht und gefunden haben. Ich weiß, dass ihre Geschichte meine Geschichte ist. Sie beginnt vor sechzehn Jahren. An einem Montagmorgen im Spätsommer, in einem anderen Leben. Ich sehe das leere weiße Blatt und schreibe den ersten Satz: Niemand wusste von uns.